중독, 그 외로움

중독

그 외로움

정진희 수필집

정은출판

언제부턴가 나를 둘러싼 알 수 없는 감정의 방황들로 인하여 숨이 막혔다. 나는 그럴 때마다 혼자만의 여행을 떠나기도 하고 소극장에서 연극을 관람하곤 했다. 어쩌다 비가 오는 날이면 유독 심해지는 나의 헛헛한 마음이 사그라질 때까지 무작정 걷기도 했다. 그래야만 또 하루를 살 수 있는 것처럼.

그러니까 그건 마흔을 넘으면서부터였던 듯하다. 길가에 수북이 쌓인 낙엽들이 어디론가 하나 둘 흩어질 때면 내 마음은 중심을 잡지 못하고 저 바닥 깊은 곳에 숨어버리곤 했다. 아마도 그 무렵부터였을 것이다. 왠지 내 안에서 내가 알지 못하는 누군가가 나를 조종하는 것 같아 그를 만나고 싶단 이유로 상담사가 되었다. 그러나 어찌된 영문인지 상담사가 된 이후에도 나의 감정 상태는 여전히 흔들거렸다.

그랬다. 내가 혼자 있는 시간이 부쩍 늘어난 시점은 두 아이들이 청소년기를 막 벗어날 때쯤이었던 것 같다. 말하자면 영원할 것 같은 나의 부속물이 자의반타의반에 의해 내 삶에서 분리되어 하나의 인격체로의 독립을 형성하는 순간부터 집중적으로 몰려오는 허전함 때문이었던 것 같다. 그 무엇으로도 채워지지 않던 나의 공허한 마음을 사로잡은 것은 뜻밖에도 글쓰기였다.

〈중독, 그 외로움〉은 아이들에 대한 집착을 내려놓고 오롯이 나 자신을 위한 삶, 좀더 나다운 나로 살고 싶다는 생각으로 써나간 글을 모은 책이다. 지면을 통해 내 속에 있는 외로움의 흔적들을 솔직담백하게 하나씩 길어 올릴 때면 아직 세상이 숨쉴 만한 것 같아 힘이 나곤 했다. 그도 그럴 것이 때때로 차마 밝히고 싶지 않은 것들까지 나도 모르는 사이에 표출될 땐, 마냥 불완전한 나의 영혼이 자유로움을 경험하듯 그야말로 온전한 카타르시스를 제대로 느끼는 듯했다. 그렇게 수없이 많은 방황의 시간마저 사랑했던 나의 삶을, 차츰 나아지고 있는 그대로의 모습으로 세상에 내놓는다.

　겨울바다 마주한 의자에 내려앉는 따듯한 햇살이 참 좋다. 그런데 내 마음은 어쩌자고 수평선 끝자락에 걸터앉아 있는지. 그 잔잔한 고요 속에 머물러 있는 나에게 적막을 깨트리며 다가온 파도 소리가 말하는 듯했다. 사람은 누구나 외로움을 느끼며 사는 존재라고. 그러나 더이상 혼자만 느끼는 외로움이 아니니 괜찮을 거라고. 그래서 용기 내어 나의 첫 수필집을 출간하게 되었다.

　미흡한 나의 글이 세상과 공감하고 소통하는 통로가 될 수 있도록 힘을 주신 이철호 교수님께 무한한 감사를 드린다. 그리고 책이 나오기까지 꼬박 4년을 늘 한결같은 마음으로 응원해준 사랑하는 남편과 볼수록 빛이 나는 멋진 아들, 그리고 나의 모든 것을 주어도 아깝지 않을 친구 같은 딸에게 마음 다해 고마움을 전한다.

2019년 1월

정진희

차례

|1부| 혼자의 시간

1부

혼자의 시간

특별한 보상

소년원 자원봉사 교육을 마치고 소년원 아이들과 처음 만날 때에 줄지어 들어오는 그들의 모습을 보는 순간, 나의 동공은 심하게 흔들리고 마음은 얼어버렸다.

'잘 할 수 있을까?'

긴장과 두려움이 교차하며 조금은 특별한 그들의 첫인상이 강하고 빠르게 뇌리에 자리 잡았다. 애써 태연한 척했지만 시간이 흐를수록 자신이 없었다. 아무리 눈높이를 맞추려 해도 내 안에서 그토록 자원했던 마음은 온데간데없이 사라져버리는 것 같았다.

그럼에도 불구하고 그렇게 시작된 그들과의 만남이 벌써 6년

째다. 전문상담사인 나는 일주일에 한 번씩 소년원을 방문하여 나와 연결된 아이들 상담을 하고 어떤 아이와는 멘토링을 하기도 했다. 그동안 참 많은 아이들을 만났다.

가장 최근에 만난 아이는 열여덟 살 선학(가명)이다. 그의 첫인상은 딱딱한 돌덩이만큼 단단해 보였고, 무척 건강해 보이는 체구에 두 팔은 온통 문신으로 덮여 있었다. 그는 가끔 혼자 피식피식 웃었다. 웃음의 의미는 뭘까. 상담사인 나를 무시하며 비아냥거리는 것일까, 아니면 자신을 방어하기 위한 습관화된 제스처일까. 대부분의 아이들이 첫 만남에서 스스로 마음을 열기가 쉽지 않다는 것을 안다. 선학이도 두 번째 만남까진 예의 그 미묘한 웃음만을 보일 뿐 별다른 이야기가 없었다. 어쨌든 나는 그를 대하는 것이 유독 긴장되었다. 그러나 그에게 어떤 이야기든 채근할 생각은 하지 않았다.

세 번째 만남 때, 뜻밖에도 선학이는 자신의 아픈 이야기를 풀어놓기 시작했다. 나를 더이상 경계하지 않고 믿게 된 것일까. 가정 내의 불화로 마음 둘 곳이 없었던 사춘기 시절, 환경이 비슷한 또래 친구들과의 모임이 자연스럽게 이루어진 것 같았다. 그 안에서 자의든 타의든 문신을 하게 되었고 빠져 나올 수 없는 그물망에 단단히 갇혀 버리게 되었다. 어떻게 어디서부터 풀어가야 할지 쉽지 않았다.

웃음 뒤에 감춰진 아픈 사연들을 하나씩 꺼낼 때에도 애써 담담한 표정으로 일관하던 선학이. 그의 눈빛은 한없이 슬퍼 보였다. 짠했다. 부모님의 오랜 별거 생활, 그리고 어린 나이에 지켜봐야 했던 두 살 많은 누나의 갑작스런 죽음 등등. 살짝 건드리기만 해도 눈물이 곧 터질 것 같아 손을 꼬옥 잡아주었다.

가장 편안하고 안전해야 할 가정에서 일어나는 현상들을 이해하기에는 아직은 버거운 나이였을 것이다. 그렇게 혼란스러운 상황을 어떻게 견뎌냈을까. 듣고 있는 내내 마음이 아팠고 많이 안쓰러웠다. 토닥토닥 힘을 내라는 말조차도 어쩌면 사치처럼 느껴지는 것 같아 미안했다.

자신의 의지와 상관없이 많은 시간을 방황할 수밖에 없었던 그의 내면에는 인정받고 싶은 욕구, 그리고 관심과 사랑 받고 싶은 욕구가 가득 차 있음을 짐작할 수 있었다. 충분히 안아주고 싶었다. 청소년기에 누구나 한 번쯤은 이런저런 이유로 방황을 겪는 법 아니던가. 나 또한 그런 경험이 있었기에 아이들의 마음을 더 깊이 공감했는지도 모른다.

다섯 번째 만남이 있는 날이었다. 선학이는 예전보다 더 환한 모습으로 상담실에 들어왔다. 덩달아 나도 기분이 좋았다. 그동안 무슨 일이 있었는지 기대되었다. 선학이는 자리에 앉자마자 조금 들뜬 마음으로 이야기를 시작했다.

"선생님, 저 문신 지우기로 했어요."

"어머, 어떻게 그런 중요한 결정을 한 거니? 잘했어."

선학이는 나를 만나면서 많은 생각을 하게 되었다고 했다. 지금까지 자신을 진심으로 사랑해주는 사람이 없었는데 나의 관심이 진심으로 와 닿는다고, 그래서 문신을 지우고 새로운 사람으로 살고 싶어졌다고 말했다.

벌써 문신을 한 번 지웠다는 말에 나는 코끝이 찡했다. 그런 결단을 하기까지 많이 고민했을 텐데 참으로 대견스러웠다. 문신은 할 때보다 지울 때가 더 많이 아프다는데, 생각할수록 기특했다. 선학이는 나의 걱정과는 달리 이미 그 아픔과 번거로움을 견뎌낼 각오까지 굳게 가지고 있었다. 나는 힘 있게 엄지를 치켜세우며 응원을 해주었다. 순간 나도 모르게 어깨가 으쓱해졌다.

그뿐만이 아니었다. 선학이는 계속하여 자랑을 했다. 전교생 중 단 한 명에게 주는 표창장을 받게 되었다는 거였다. 그리고 퇴원하면 제일 먼저 나에게 맛있는 것을 대접하겠다는 약속도 했다. 아직 학생인지라 어차피 계산은 내가 해야 할 터였지만, 말만이라도 고마웠다.

결코 돈으로 환산할 수 없는 보상이었다. 내 안의 작은 미소는 덤으로 주어지는 것 같아 뿌듯했다.

만날 때마다 선학이의 시종일관 웃는 모습이 아직 인상 깊다. 13개월 동안의 제법 긴 만남이 끝나고 가정으로 돌아가는 선학이의 삶에 다시는 아픔이 없기를 조심스럽게 바래본다.

이제는 아이들의 스치는 눈빛만 봐도 무엇을 원하는지 알 수 있을 것 같다. 더 많이 안아주고, 같이 머리 끄덕이며 들어주고, 그리고 공감하면서 함께 웃어 주는 것. 어쩌면 그것뿐이라 해도 과언은 아닐 듯한데, 그들은 그 작은 관심에서 힘을 얻는다.

선학이가 그랬던 것처럼 전혀 변화되지 않을 것 같은 굳어진 그들의 무표정 속에는 사랑 받고 싶음이 간절하게 숨어 있었다. 강한 척해 보이는 그 이면에는 한없이 여린 모습으로 진심이 담긴 그 사랑을 그렇게 기다리고 있었던 것이다. 따스한 어루만짐의 그 손길을.

공감, 그거였다

— 엄마, 우리 쇼핑 갈까? 꽃무늬 블라우스 하나 사고 싶어.

— 그래. 나도 마침 원피스 하나 사고 싶었는데. 언제 갈까?

딸이 학교에서 쇼핑을 하자고 느닷없이 톡을 보내왔다. 강의실 틈 사이로 피부에 닿을 듯 말 듯 간지럽게 불어오는 봄바람에 이미 마음을 빼앗긴 듯, 그날따라 유난히 공부가 하기 싫은 모양이었다.

딸과의 만남은 오후 네 시쯤이었다. 도심의 한복판에 있는 S백화점은 여전히 많은 사람들로 북적거렸다. 그 틈바구니 속에서도 여유를 즐기며 이것저것 구경하는 시간들이 참 좋았다. 그러다 마음에 드는 것들은 필요와 상관없이 즉흥적인 구매를 하곤 했다. 뿐만 아니라 쇼핑을 작정하고 나온 두 여자들이 화장품 코너를 그냥 지나칠 리 없었다. 아니나 다를까, 대학교 4학년인 딸은 여전히 멋내기에 바쁜 듯 향수 매장 앞에서 머뭇거리더니 아예 멈춰 섰다.

"우와, 저거 평소에 갖고 싶은 조 말론 향수인데."

"그래? 맘에 들면 사줄게. 그리고 오빠가 좋아하는 향수도 하나 살까?"

내 눈치를 슬쩍 보며 애교를 떨던 딸의 표정이 금세 변하여 자기 것만 사고 오빠 것은 사지 말자고 뾰로통하게 말했다. 그 대신 덤으로 립스틱을 하나씩 사자고 했다. 그리곤 꽃무늬가 유난히 눈에 띄는 어느 옷 매장 안으로 들어갔다. 우린 매의 눈이 되어 각자의 목표물을 찾기 바빴다. 마침내 원하는 블라우스를 발견한 딸의 얼굴엔 웃을 때 더욱 돋보이는 보조개가 선명하게 드러났다. 내 원피스는 아직 사지 못했는데 딸은 이제 그만 나가자고 했다. 다리도 아프고, 탕수육이 먹고 싶다며 재촉하여 서둘렀다. 나는 딸이 자기 욕심만 채운 거 같아 좀 서운했지만 차마 내색할 수 없었다.

급하게 주차장을 빠져나와 집 근처 인테리어가 괜찮은 중식당으로 갔다. 2층으로 올라가 창가 옆 밖이 훤히 잘 보이는 곳에 앉았다. 배가 고팠던 터라 주문에 좀 욕심을 냈다. 자장면, 양장피, 탕수육 그리고 음료수까지. 음식이 나오자마자 연거푸 감탄사를 반복하며 정신없이 먹기에만 집중하는 것도 나름 괜찮았다. 식사가 끝나갈 무렵이었다. 그제야 잠깐 창밖으로 시선을 돌리는데 마침 아들한테서 문자가 왔다. 문자를 보는 순간 어렸을 때부터 유난히 탕수육을 좋아하는 아들 생각이 떠올라 약간 아쉬워하는 내 모습이 딸에겐 거슬렸던 모양이었다.

딸은 괜찮은 척하며 파인애플 향이 강한 소스에 쫄깃한 탕수육을 찍어 한입 베어 물고선 자신이 어렸을 적 좋아했던 음식은 무엇이냐고 물었다. 순간 바로 떠오르지 않아서 약간 당황스러웠다. 딸은 언제부턴가 제 오빠와의 사이에서 비교의식을 느끼고 있는 듯했다. 나는 그 원인 제공을 한 사람이 바로 나라는 것을 직감했다. 방어막을 칠 틈도 없이 딸은 마치 작정이라도 한 듯 가슴 저 깊은 곳에 눌려 있는 것들까지 꺼내 왔다.

"엄만 오빠가 좋아하는 음식과 태몽은 또렷이 기억하면서 왜 내 꺼는 기억을 못해?"

"그러게, 왜 기억이 안 나지? 분명 태몽을 꾸긴 했는데…."

"나한테는 관심이 없는 거지 모. 내가 뭘 좋아하는지 싫어하는 게 뭔지 알긴 해요? 뭐든 오빠보다 못한다고 생각하는 거 같고…."

결국 딸은 말을 이어가지 못하고 벚꽃의 여린 꽃잎보다 더 맑고 투명한 두 눈에 그렁그렁한 눈물이 맺히고 말았다.

어쩌면 은연중에 편애하였을지 모르는 나의 언행들로 인한 상처가, 늘 딸의 마음 한 편에 무거운 짐짝처럼 자리 잡고 있었던 모양이다. 나는 괜스레 미안하여 고개를 들지 못하고 촉촉하게 젖어드는 애꿎은 탕수육만 바라보고 있었다. 그렇게 의도하지 않게 생긴 불편한 침묵을 깨트리고 조심스럽게 말을 건넸다.

"딸! 사실 너의 모습이 항상 밝았기에 아무 문제없는 줄 알았어. 그런데 알게 모르게 엄마 때문에 받은 상처가 많은 거 같구나. 상담이라도 받으면서 서운했던 감정들을 다 쏟아냈으면 좋겠는데, 너 생각은 어때?"

"뭐, 그 정도까진 아닌 거 같아요. 그렇지만 어릴 때부터 대학생이 된 지금까지 오빠랑 비교해서 말할 때는 정말 싫었어요. 나도 잘 할 수 있는데 내 말은 다 무시하고 언제나 오빠 말만 맹신하는 느낌이었거든요. 그럴 땐 정말 이해할 수 없을 만큼 엄마가 미웠어요."

"내가 그랬었구나. 늘 조심한다 하면서도 너의 마음을 그렇게 아프게 했었다니. 엄마가 상담사인데도 너의 내면에 쌓인 상처를 알아채지 못하고, 웃음 뒤에 숨어 있는 어릴 적 아픔까지 안아주지 못한 거 정말 미안하다. 지금까지 그 상처들을 혼자 견뎌내느라 많이 힘들었지? 나도 엄마 역할이 처음이라 모든 게 서툴렀던 것 같아. 참으로 이기적이었던 엄마를 용서할 수 있겠니?"

애써 꾹꾹 참았던 눈물이 순식간에 딸의 볼을 타고 흘렀다. 목까지 차오른 서운했던 감정들이 더이상 버틸 수 없어 한겨울 동파로 인해 수도가 터지듯 그렇게 예고 없이 터져 버렸다. 엄마의 차별로 인한 딸의 힘듦 앞에는 결국 쇼핑도 맛있는 음식도 그 어떤 것도 위로가 되지 않았던 것이었다. 아픈 마음을 공감하며 어루만져 주는 것, 바로 그거였다.

사람들의 시선에도 개의치 않고 딸과 나는 하염없이 흘러내리는 눈물에 지나온 시간들을 잠잠히 맡겼다. 비록 짧은 시간이었지만 켜켜이 쌓였던 슬픈 응어리들이 눈물을 통해 녹아지면서 서운했던 딸의 마음이 치유가 되길 빌었다. 간절함이 무언으로 전달되었을까. 그렇게 한참 동안 마주한 시간이 지난 후 딸은 좀 부어 오른 두 눈을 어루만지며 이제 좀 괜찮아진 것 같다며 오히려 나를 위로했다. 내 눈은 아직 아픔 그대로인데 딸은 차분하게 마음을 진정시키며 떨리는 미소를 지어 보였다. 고마웠다. 생각보다 훨씬 더 대견스러운 딸의 모습은 그 시절 나보다 성숙해 보였다.

그날 밤, 어딘가에 조금이라도 남아 있는 파편화된 마음을 하늘거리는 봄바람에 후르르 날려버리고 싶었다. 가끔 울컥거리는 그 아픔도 함께.

며칠 후 다시 평온을 찾은 딸이 꽃무늬 블라우스를 입고 내 방을 노크한다.

"엄마, 우리 쇼핑 갈까?"

혼자의 시간

하루를 시작하는 아침 식탁에서 가족이 마주하는 시간은 그리 길지가 않다. 대학생인 아들과 딸은 그마저도 부담스러워하는 것 같다. 먹는 것보다 차라리 잠자는 게 낫다며 투덜거린다. 그래서일까. 요즘 점점 더 식탁에서의 대화가 뜸하다. 아침 식탁은 별다른 대화 없이 숟가락질 소리만으로 채워지고, 가족들이 흩어져 나가고 나면 허무감이 밀려들곤 한다. 가족이라는 울타리 안에 있으면서도 언제부턴지 혼자인 듯한 시간들이 많아지면서 문득문득 빠져드는 우울을 감당하기가 쉽지 않다. 그러니까 그건 마흔 중반을 넘기면서부터였던 것 같다.

쓸쓸함이 어느덧 오랜 친구처럼 익숙해져 있다. 하지만 가끔 성난 파도처럼 밀려오는 외로움을 걷잡을 수 없을 때가 있다. 그런 날은 무조건 외출을 한다. 어쩌면 더 열심히 살아야 한다는 강박에 가까운 나의 생활태도 때문일 것이다. 뭔가를 해야만 할 것 같아 무작정 거리를 배회하기도 하고, 북적거리는 사람들 틈바구니 속에서 삶의 다양한 모습들을 기웃거려 보기도 한다. 그래봤자 별다를 건 없다. 어느 땐 다음날 당장 후회할지라도 과한 쇼핑을 하곤 한다. 이 모두가 나 자신조차 이해할 수 없으니 누구로부터 이해 받기를 바랄 수는 없는 일들이다.

오늘은 문득 영화를 보고 싶었다. 비록 혼자 가는 영화관이지만 최대한 단정하게 차려 입고 화장도 정성껏 했다. 아끼는 샤넬 넘버5도 한 방울 뿌렸다. 많은 향수 중에 이 향수는 특별히 기분전환하고 싶을 때만 사용한다. 오늘만큼은 나를 위한 시간으로 제대로 뽐내고 싶었다. 더 이상 우울한 감정 따윈 내게 없는 듯 무엇이든 할 수 있을 것 같은 자신감도 충만했다. 그렇게 난 혼자여도 당당하게, 달콤한 팝콘과 진한 커피 한 잔을 들고 극장 안으로 들어갔다.

전도연과 공유가 주연한 〈남과 여〉라는 영화다. 우연에 우연이 겹쳐 결국 사랑의 감정으로 발전해가는 이야기다. 둘

다 정신적 문제를 가지고 있는 자녀가 있고, 그 자녀들이 핀란드의 같은 학교에 다닌다. 아이들의 캠프에 따라갔던 두 사람은 갑작스런 폭설에 갇혀 함께 하룻밤을 보내고, 이튿날 산책하다 우연히 사우나를 발견하여 그곳에 들어가면서 사랑은 시작된다. 벗어버리고 싶으나 차마 벗어던질 수 없는 가족이라는 이름의 무거운 짐을 짊어진 두 사람의 일탈의 순간은 충분히 설득력이 있었다. 가족이라는 테두리 안에 갇혀 의무만을 요구 당하는 그들의 답답한 마음을 잠시나마 해방시켜준 건 무한히 펼쳐진 설원이었다. 해방의 공간인 하얀 설원은 무채색 그대로 원시적 자연의 세계를 돌려주는 듯했다.

나는 영화의 어떤 장면도 놓치고 싶지 않아 집중하고 있었다. 옆에 앉은 여인은 주위를 아랑곳하지 않고 계속하여 훌쩍거렸다. 나보다 더 깊이 빠져든 것 같았다. 한국으로 돌아온 남자와 여자는 현실이라는 제약을 조금씩 넘나들며 미묘한 관계를 이어간다. 처음에는 남자가 뜨겁게 달아올라 적극적이고 여자는 겁을 먹은 듯 미온적이다. 그러다 점차로 남자가 주춤거리고 여자는 뒤늦게 달아오른다. 급기야 여자 주인공은 호텔 방에서 남자를 기다리고 호텔 방문 앞까지 찾아온 남자는 그 문을 열지 못하고 돌아서고 만다. 여자의 쓸쓸한 뒷모습이 오버랩 되면서 영화는 끝났다. 극장 안의 실내등이 하나둘 켜졌다. 관객들은 마치 밀린 숙제를 마친 듯 서둘러 자리를 털고 나갔다. 심하게 훌쩍거리던 여인도 언제 그랬냐는 듯 덤덤히 빠져나갔다. 전형적인 아줌마의 펑퍼짐한 뒷모습이었다.

나는 엔딩 크레딧이 끝나고 관객이 다 나갔는데도 자리에서 일어서질 못했다. 일어설 수가 없었다. 분명 그들의 사랑이야기는 끝났지만 그 파장과 여운은 내 안을 흔들어대고 있었다. 요사이 부쩍 외로움을 많이 느끼던 터였다. 나도 한번 로맨틱한 사랑을 찾아 떠나봐? 막연한 상상은 감미로우면서도 고통스러웠다. 상상뿐이라는 한계에 대한 비감과 상상이라는 자유로움의 무無한계성에 대한 매혹이 동시에 나를 사로잡았다. 모두가 빠져나가고 커다란 비닐 봉투를 든 미화원 아주머니가 객석을 치우려고 들어섰다. 나는 그제서 천천히 일어나 조심스럽게 계단을 내려왔다.

극장 밖으로 나서자 건너편 건물의 유리벽에 저녁놀이 찬란하게 비쳐들었다. 순간 현기증이 일었다. 빛 속에서 여지없이 무너지는 나의 욕망과 나의 자유. 상상만으로도 부끄러운 죄가 되는 일탈의 꿈. 그럼에도 그마저 없다면 우리 삶은 얼마나 건조할 것인가. 혼자 갈팡질팡, 이런 저런 생각을 하며 제법 많이 걸은 것 같다.

슬슬 배가 고팠다. 식사시간이 훌쩍 지나 있었다. 눈에 띄는 약간 허름한 분식집으로 들어섰다. 김밥 한 줄과 갈비 만두를 주문했다. 음식이 나오자마자 허겁지겁 먹어치웠다. 그제야 현실이 보였다. '그럼 그렇지', 로맨틱한 사랑의 캐릭터와는 정말로 안 어울리는 식욕, 어쩔 수 없는 아줌마의 식욕에 헛웃음이 나왔다.

벌떡 일어나 집 근처 마트로 향했다. 양손 가득 아침 먹을거리를 사들고 씩씩하게 집으로 달려왔다. 그랬다. 내가 다시 돌아가야 할 곳은 때때로 밉기도 하지만 그럼에도 고마운 남편과 나의 분신 같은 아이들이 있는 가정이었다. 비록 내일 다시 혼자의 시간으로 채워질지라도.

마침내 꿈을 찾다

평상시에 버리고 싶은 것이 많았나 보다. 남편 입에서 이사 이야기가 나오자마자 단 일분도 망설임 없이 흔쾌히 수락하고 말았으니. 이사를 통해 여러 가지 버리지 못한 것들을 정리하고 싶었던 모양이었다.

무엇을 그리 버리고 싶었을까. 20년 동안 살았던 동네를 미련 없이 떠날 채비를 하기까진 그리 오랜 시간이 걸리지 않았다. 한 곳에 오래 살다보니 모든 것이 편안하고 익숙하여 생활의 불편함은 없었다. 늘 바쁜 시간에 쫓겨 살다 모처럼 여유롭게 차 한 잔을 마시는데 오래된 가구 위에 먼지가 가득 쌓여 있는 것을 보았다. 마치 나의 낡은 생각들 위에도 먼지만 가득 쌓여진 것 같아 짜증이 나며 답답했다. 그도 그럴 것이 이따금씩 늘 익숙한 그 자리에서 아무런 노력도 하지 않은 채 안주하며 머물러 있는 내 모습이 한심해 보이곤 했다.

이쯤에서 삶의 변화가 절실하게 필요한 것 같았다. 핑계일지 모르지만 무의식적으로 이사를 통해 낡은 짐들과 낡은 생각들을 버리고 싶다는 생각을 하곤 했다. 이참에 평소에 잘 사용하지 않는 물건들을 과감히 버릴 작정이었다. 꼭 필요한 최소한의 살림만 남겨놓고 이사하는 날까지 버리고 또 버렸다. 빈 공간만큼 여유가 생긴 느낌 탓인지 마음까지 홀가분했다.

봄바람만큼이나 가벼워진 마음으로 잠잠히 나의 삶을 돌아보니 아직도 버려야 할 것이 너무 많았다. 보이지 않는 경쟁심, 지나친 욕심들, 때때로 생각조차 하기 싫은 우유부단한 성격, 정에 약하여 쉽게 거절하지 못하는 것 등등 다 버리고 싶었다. 그것들이 나의 삶에 들어올 땐 무의식적으로 들어왔을지라도 버리고 싶을 땐 무엇보다 용기가 필요했다. 그리고 생각하고 싶지 않은 아픔의 기억까지도 이번에는 제대로 버리고 싶었다. 그렇게 의지적으로 애써 지우고 버렸더니 갈팡질팡하던 마음까지 정리가 되며 한결 편해졌다.

5월 12일. 드디어 새로운 삶터에서 새 출발이 시작되었다. 실은 서울에서 신혼살림을 시작했으나 아이들 건강 때문에 공기 좋은 곳으로 이사를 가라던 의사의 말을 듣고 수리산의 아름다움에 반한 그곳, 산본동에 오랫동안 정착했었다. 어느덧 두 아이들은 대학생이 되었고 산본에서 서울까지 매일 통학하는 번거로움을 덜어주기 위해 우면산 아래 서초동으로 이사를 하게 된 것이다. 남편의 사업장도 가까워졌으니 결국엔 모두가 수혜자인 셈이다.

그리고 나에겐 어쩌면 제2의 인생을 시작하기에 가장 최고의 시점이 아닐까 하는 생각이 들었다. 아무렴 이제 깨끗하게 비워진 그 자리엔 꼭 하고 싶었던 일들로 채우기에 바빠질 것 같다며 내 속에선 이미 아우성이다. 무엇이 되었든 새로운 환경에서 도전하며 살아갈 것을 생각만 해도 벌써부터 설렌다. 내게 주어진 시간을 즐기며 어떤 상황에도 비교적 잘 적응하는 편이라 앞으로의 삶이 기대되었다.

분주했던 시간들이 제 자리로 돌아간 어느 한가로운 날 오후였다. 집 근처에 있는 문화센터에서 '문예창작'이란 수업을 청강했다. 수업을 듣던 중, 어렴풋이 중1 때 꿈이 소설가였다는 것이 기억나면서 몸에 뜨거운 전율이 흘렀다. 잠재의식 속에 있던 꿈이 되살아난 것 같아 기쁘기도 했지만, 너무 늦은 건 아닌가 하는 두려움도 들었다. 하지만 그것은 기우에 불과했다. 인문학에 대한 강의를 들으러 가는 날엔 열정도 두 배, 설렘도 두 배였다. 그로 그럴 것이 강의가 끝나고 나면 자주 가는 카페에서 아직은 서툴기만 한 글쓰기의 제목을 구상해 보는 재미가 쏠쏠했다. 그러다 문득 쓰고 싶은 소설 속의 주인공을 상상하노라면 시간 가는 줄 모르고 몰입되곤 한다. 어찌 보면 별거 아닐 수 있지만 그럼에도 불구하고 나는 뭔가의 특별한 특권을 누리고 있는 듯하여 독특한 자기애에 가만가만 빠져든다. 작가로 산다는 것, 생각만큼 쉽지 않을 수 있지만 그럼에도 불구하고 그 길이 좋았다.

더불어 살면 잊혀질 줄 알았는데 어찌된 영문인지 나의 쓸쓸함은 아직 온전한 이사를 하지 못한 것 같다. 하루에도 몇 번씩 썰물을 타고 밀려나갔다가 다시금 밀물이 차오르듯 슬그머니 내 품으로 들어오곤 한다. 그리곤 수평선 위에 마주 앉아 아무일 없었던 것처럼 미소를 띠며 나를 본다. 그 미소 뒤엔 순간의 적막이 흐르는 찰나에도 손대면 금방이라도 터질 듯한 주체할 수 없는 눈물 폭탄이 있다는 걸 알기에 더욱 마음이 쓰인다. 애쓰며 버티어 온 세월만큼 살아가야 할 세월도 딱 그만큼인데. 그렇기에 저 내면의 깊은 곳에서부터 어루만짐의 부드러운 손길을 충분히 느낄 수 있도록 천천히, 아주 천천히 다가가야 할 듯싶다.

쓸쓸함을 보듬어 안고 이제야 온전한 나의 길을 찾은 듯 한껏 들떠 있다. 좋은 인연을 만나 함께 손잡고 뒤늦게 발견한 꿈을 위하여 흔들거리며 걷는 중이다. 버리고 내려놓기를 수없이 반복하여 진정한 나의 모습이 드러날 때 비로소 작가라는 문턱에 조금 올라가지 싶다. 낡은 노트북만큼은 이사를 가지 않았으면 좋겠다는 생각을 하면서도 알게 모르게 새 노트북을 자꾸만 기웃거린다. 어느새 오월의 푸르름은 가을이라는 따듯한 옷을 입고 새하얀 겨울 앞에 섰다. 나의 꿈이 힘찬 날갯짓을 하며 온 세상을 향해 날아오른다.

달콤한 유혹

    어느 해 3월 1일. 나는 대학생인 아들, 딸과 함께 홍콩과 마카오로 여행을 갔다. 무엇보다 홍콩에선 쇼핑을 하고 마카오에선 카지노를 할 수 있을 거란 기대감에 부풀었다. 설렘을 안고 마카오에 입성한 우리는 가장 멋있어 보이는 어느 카지노 앞에 섰다. 입구에 서 있는 매니저가 어색한 웃음을 띠며 우릴 보고 들어오라는 손짓을 한다. 들어가기 직전 우린 똑같이 돈을 나눠 들고 서로의 행운을 빌며 각자 흩어졌다.

    나는 긴장된 마음을 들키지 않으려 애쓰며 마음을 단단히 먹고 도박장 안으로 들어갔다. 들어가자마자 나의 시선을 압도적으로 사로잡은 건 황금빛 장식과 어우러진 인테리어였다.

화려한 불빛에 의해 더욱 빛이 나는 것 같은 도박장에 있는 도구들이 나를 주눅들게 했다.

그 공간 안에 있는 많은 사람들의 표정은 각양각색이었다. 무표정으로 테이블 게임에 시선이 고정되어 있는 사람들, 곳곳에 있는 슬롯머신에 집중하는 사람들, 그리고 자꾸 자리를 옮기며 여기저기 구경하는 사람들 등등. 그들은 모두 다양한 모습을 보이며 제법 진지하게 몰입하고 있었다.

아무것도 할 줄 모르는 나였지만 순간 딜러들이 유혹하는 손짓에 마음이 흔들릴 뻔했다. 가까스로 그들의 시선을 피해 비교적 한산한 쪽 슬롯머신 앞에 조용히 앉았다. 슬슬 승부욕이 생기며 나의 두 눈동자엔 힘이 들어갔다. 이글거리는 눈빛을 최대한 차분하게 안정시키며 버튼을 하나씩 터치하기 시작했다. 결과는 빛의 속도로 예상을 빗나갔다. 어이없는 상황에 적잖이 당황스러웠다.

그도 그럴 것이, 이미 빼앗긴 허탈한 마음을 만회하고 싶은 까닭에 두 번 세 번 하면 할수록 주머니는 텅 비어지고 얼굴은 점점 더 달아올랐다. 나도 모르게 가슴이 두근거리며 심장이 멎을 것만 같은 불안이 엄습해 왔다. 무섭고 두려웠다. 분노의 게이지가 거의 폭발 직전까지 올라가 쉬어가는 타임이 필요했다.

잠깐의 휴식을 취하면서 카지노에는 왜 거울과 시계와 창문이 없는지를 이제야 조금 알 것 같았다. 그렇게 카지노의 분위기에 점점 익숙해질 즈음, 그곳에 더 머물 것인지 아니면 그만하고 다음 일정을 위해 나가야 할 것인지를 선택해야 했다. 솔직히 내게는 힘든 결정이었다. 좀 더 머무는 쪽을 택하자니 은근히 겁이 났다. 하지만 그래도 무언가 아쉬움이 남아 딱 한 번만 더 하기로 했다. 그래야 진정한 포기가 될 것 같았다.

나는 더이상 잃을 것도 없는 마지막 동전을 미련 없이 집어넣었다. 그런데 '어머, 이게 웬일이지?' 결과는 대박이었다. 보너스가 계속 터지는 것이었다. 순식간에 본전을 회수했다. 불안했던 마음은 어느새 환희의 기쁨으로 변했다. 상상을 초월한 쾌감은 역시 경험자만이 누리는 어떤 특권 같았다. 이렇게 몇 번만 더하면 엄청난 돈이 수중에 들어올 것 같은 예감이 뇌리에서 떠나질 않았다. 그 찰나에 빠른 스피드로 많은 생각과 갈등이 번쩍이며 교차했다. 참 간사해 보였지만 그게 나였다.

'아, 바로 이 맛이었구나. 느낌이 딱 좋은데 어떻게 하지? 누군가 내게 벼락부자가 될 운이 있다고 했는데, 혹시 지금이 그 타임 아닐까?' 순간 팔랑귀를 가진 나는 거의 구십구 퍼센트 이상 그 운을 실험해 보고 싶은 충동이 들었다.

그렇게 갈팡질팡 생각의 대립이 팽팽하여 쉽게 결정을 하지 못했다. 그 모습을 멀리서 지켜보던 아이들은 일찌감치 빈털터리가 되어 어느새 곁에 와서 부추겼다.

　"엄마, 잭팟을 터트려 홍콩에서 명품백 하나 사셔야죠. 빨리 다시 도전해요."

　"좋아. 신상 명품백 끌리는데 그럼 화끈하게 올인 해볼까?"

　"맞아요. 느낌이 올 때 확 댕겨야죠."

　그런데, 그런데 말이다. 나는 솔직히 자신이 없었다. 겉보기와 다르게 소심한 면이 있어 그마저 잃어버린다면 명품백은 고사하고 없던 병이 생길 것만 같아 두려웠다. 뿐만 아니라 분을 삼키지 못하여 시름시름 앓다가 단명할 것 같기도 했다. 이런저런 이유가 발목을 잡았다고 해야 할까? 아니 그냥 단세포적 사고가 발동했다고 해야 할까? 수없이 흔들어대는 갈등을 과감하게 접고 생애 처음 맛보았던 대박의 기쁨을 그대로 만끽하기로 했다.

　어쨌든 첫 경험이었던 카지노의 유혹은 달콤한 솜사탕 같았다. 행여 머뭇거리는 틈을 타고 어딘가에 남아 있을 아쉬운 미련이 흔들어 놓은 팔랑귀 안으로 쏘옥 들어올까 싶어 서둘러 나갈 채비를 했다. 그럼에도 불구하고 무거운 발걸음이 쉽게 움직여지지 않음을 감지한 후, 우린 더이상 지체하지 않기 위해 좀더 빠른 걸음으로 이동하여 밖으로 나왔다.

멈춰야 할 때 멈출 수 있는 용기가 필요하다는 사실을 뼈저리게 느끼는 순간이었다. 그렇다. 카지노의 경험은 내 삶에 있어 단 한 번이면 충분한 것 같다. 벼락부자와 같은 일확천금의 꿈을 꾸지 않는다면 다시 불안이 엄습해 오는 것을 경험하지 않아도 되기 때문이다. 무엇보다 오래 살고 싶은 까닭에 카지노 게임은 멈출 수밖에 없는 이유였는지도 모른다.

그 밤, 마카오의 야경이 다 보이는 전망 좋은 곳에서 와인 한 잔을 곁들이며 폼 나게 저녁 식사를 하고 싶었다. 명품백은 못 사더라도 본전을 회수했으니 오직 나를 위한 즐거운 만찬으로. 그런데 안타깝게도 나의 발걸음은 아이들과 함께 세나도 광장 앞에 멈춰 있었다. 할 수 없이 윙치케이 완탕으로 근사한 저녁 식사를 대신했다. 조금 씁쓸했지만 완탕이 맛있었기에 위로가 되었다.

다시 일상으로 돌아온 현실 앞에서 하루하루 더욱 성실하게 살아가야 함을 몸이 먼저 기억하여 반응해온다.

봄날을 닮은 나

화려한 봄꽃들을 보는 것만으로도 잔뜩 움츠러든 삶에 활력소가 되는 것 같다. 앞 다투어 꽃망울이 열리는 모습을 볼 때마다 에너지가 공급되는 듯한 느낌이 좋다. 하지만 어떤 꽃은 피워 보지도 못하고 사정없이 밟히곤 한다. 변덕스러운 봄 날씨를 견디지 못한 탓이다.

나는 하필이면 그런 봄날을 닮은 것 같다. 내 안에 어떤 문제가 있는 건 아닐까 종종 그런 생각이 들곤 했다. 때론 잠잠한 듯하여 안심하려는 그 찰나에도 어김없이 요동치듯 일어나는 변덕스러움은 결국 내 삶의 일부에서 주기적으로 나타났다. 그럴 때마다 무척 힘들었다. 늘 새로운 것을 갈망하는 나는 내 의도와 상관없이 여러 사람을 당혹하게 한 적도 많았다.

남편과 연애를 할 때도 나의 변덕스러움은 춤을 췄다. 지나고 보면 별일 아닌 문제로 갈등의 시간이 많았다. 이미 약속이 되어 있는 날에도 그날의 기분에 따라 상대방 입장은 묻지도 않은 채 막무가내였다.

"저기, 우리 다음에 만나요."

"왜 무슨 일이라도 생겼나?"

"아뇨, 그냥 기분이 별로라서요. 제가 연락할 때까지 연락하지 마세요."

그는 나의 일방적인 통보에 어이없어 하면서도 별로 화를 내지 않았다. 오히려 때로는 더 다정하게 다가오곤 했다. 그럼에도 불구하고 은근한 매력이 있다는 그의 속삭이는 말 한마디에 의기양양했다. 그래서일까, 나는 특별한 이유가 없어도 가끔 일부러 변덕을 부리곤 했다. 요즘의 말로 밀당이라고 해야 할까. 유치한 방법인줄 알면서 그렇게 그의 사랑과 관심의 정도를 확인하고 싶었다.

아무것도 모르고 당하는 상대방을 보면서 희열을 느끼곤 한다. 솔직히 그 짜릿한 맛은 연애할 때만 가능한 어떤 특별한 감정 같았다. 원하는 것을 기대 이상으로 얻게 되었을 때의 기분은 말로 표현할 수 없을 정도였다. 세상을 다 가진 기분이 이런 거라 해도 내겐 과하지 않은 듯했다. 그 맛을 알기에 어쩌면 더 자주 사용하고 싶었는지 모른다. 나쁜 습관인 줄 알면서도 결코 버릴 수 없는 그것, 근데 그것이 참 사랑스럽다.

그렇게 마음 놓고 변덕을 부리던 어느 날 드디어 올 것이 오고 말았다. 그의 가까운 지인들과 저녁 약속이 있는 날 사소한 일로 작은 다툼이 있었다. 함께 있는 내내 기분이 매우 언짢았다. 밥을 어떻게 먹었는지 기억이 나질 않았다. 화가 풀리지 않은 상태로 집으로 돌아가던 길에 평소에 하던 대로 연락하지 말라는 단골 멘트를 날리려는 찰나였다. 그런데 이번에는 그가 먼저 약간 화난 목소리로 말했다.

"다시는 연락하지 마. 그만 하자."

나는 순간 당황하여 어안이 벙벙했다. 적반하장도 유분수지, 기가 막혔다. 그런데 며칠 후면 금방 풀어질 것 같았는데 어찌된 일인지 일주일이 지나도 한마디의 말이 없었다. 단단히 화가 난 모양이었다. 내 마음은 점점 초조해졌고 조바심에 안달이 났다.

궁금했지만 자존심 때문에 먼저 연락할 수 없었다. 당연히 내 삶은 엉망이었다. '뭐지? 이러다 진짜 끝나는 거 아냐?' 시간이 흐를수록 점점 부아가 치밀었다. 예상치 못한 상황에 계속 혼란스러웠다. 삶의 재미와 먹는 즐거움도 없고, 어느 것에도 집중이 되질 않았다.

생각보다 길어진 기다림에 지쳐 화가 머리끝까지 차올랐다. 그 사이 안절부절 견디다 못해 결국 스스로 '끝'이라는 마음의 결단을 하며 그에게 말없는 통보를 했다. 어차피 그의 의사표현은 내게 중요하지 않았다. 그렇게 인연은 끝났다고 생각했다. 함께 나눴던 모든 추억들은 기억 저편에 두기로 했다. 하지만 아무리 태연한 척 노력해도 순간순간 올라오는 불안한 마음을 숨길 수 없었다. 그러던 어느 날이었다.

"지금 어디야? 보고 싶은데 만날까?"

오랜만에 들려오는 그 한마디에 애써 정리했던 마음이 순식간에 와르르 무너졌다. 칼날보다 더 날카롭게 서 있던 자존심은 이미 온데간데없었다. 언제 그랬냐는 듯이 간사한 내 마음은 작약 꽃잎처럼 활짝 피어났다.

어쨌거나 난 그렇게 끝났다고 생각했던 나의 감정들을 빠르게 다시 제자리에 갖다 놓았다. 그가 눈치 채지 못하도록 그리움의 보자기에 주섬주섬 쌓아 놓았던 것들도 원래대로 풀어놓았다. 마치 아무 일도 없었던 것처럼.

그랬다. 그는 보고픔의 아픔을 감내하면서까지 습관처럼 몸에 배인 나의 변덕스러움을 어떻게든 잡아주고 싶었다고 했다.

"아무튼 한 번만 더 연락하지 말라면 진짜 원하는 대로 해줄 테니 알아서 해."

그의 단호하면서도 진심이 묻어나는 한마디의 말이 나로 하여금 더이상 옴짝달싹 못하게 가슴 중앙에 박혔다. 자존심 강한 나였는데, 그 한마디에 모든 걸 내려놓고 종종걸음으로 그를 쫓아가는 모습이 꼭 봄 병아리가 어미 닭을 쫓아가는 것과 흡사했다. 외모적으론 빠진 곳이 없을 만큼 완벽하고 느낌까지 살아 있는 그는 미안한 마음으로 수줍은 듯 다가와 팔짱을 낀 나를 보며 너털웃음을 웃었다.

나는 그가 영영 돌아오지 않을까봐 노심초사했는데 다시 돌아와줘서 얼마나 고마운지 모른다. 그 사건 이후 더이상 마음에 없는 말은 함부로 하지 말아야 함을 긴 시간 동안 뼈저리게 느꼈다. 하마터면 이 좋은 사람을 놓칠 뻔했으니 아니 어쩌면 피우지 못한 어느 봄꽃 같은 처량한 신세가 될 뻔했으니, 생각만 해도 아찔했다.

하지만 안타깝게도 이젠 섣불리 변덕부리면 안 될 나이가 돼버렸다. 그런데 말이다, 가끔 무미건조한 일상 가운데 작약 꽃향기를 풍기는 사람이 스치듯 다가온다면 주책없이 간신히 자리 잡은 고요한 마음이 다시금 꿈틀거릴 것만 같다. 마치 아직 살아 있다는 증거라도 되는 양.

퍼즐 맞추기

　지난 겨울, 지인의 집에 초대를 받았다. 현관에 들어서자마자 나의 시선을 사로잡은 게 있었으니, 바로 그림 퍼즐 액자였다. 유명 화가들의 작품을 모티브로 한 그림 퍼즐이 수십 점이나 있었다. 마치 전시회에 온 듯한 착각이 들 정도였다. 어떤 작품은 완성하기까지 한 달 정도의 시간이 소요되었다고 한다. 그녀의 대단한 인내력과 놀라운 집중력에 아낌없는 박수를 보냈다.

　퍼즐 액자는 보면 볼수록 욕심이 났지만 차마 갖고 싶다는 내색을 할 수가 없었다. 퍼즐 한조각 한조각을 얼마나 힘들게 맞추었는지를 미루어 짐작할 수 있었기 때문이다. 말하자면 그녀의 퍼즐 맞추기는 순탄하지 못했던 결혼생활의 끝자락에서 간신히 붙잡은 삶의 연결통로 같은 것이었다. 그 일을 통해 그동안 쌓였던 묵은 감정들을 소리 없이 내어 보내길 반복하면서 용서와 화해의 시간들도 함께 채워졌다고 했다.

그 많은 시간 동안 애증이 고스란히 배어 있는 작품인데 그럼에도 불구하고 내 마음에 드는 작품 하나를 선물로 주겠다고 했다. 나는 미안한 마음과 염치도 없이 빈센트 반 고흐의 〈별이 빛나는 밤〉을 선택했다. 콧노래를 흥얼거리며 집으로 돌아오는 내내 어디에 걸어 둘까 생각했었다. 그런데 집에 도착하자마자 허망하게 아들한테 작품을 뺏기고 말았다. 표정은 괜찮은 듯 웃고 있었지만 뭔가 아쉬움이 뇌리에서 떠나질 않았다. 며칠이 지나도 자꾸만 작품이 아른거려 내친김에 내가 직접 그림 퍼즐 맞추기를 하기로 마음먹었다. 그림은 내가 좋아하는 해바라기였다.

퍼즐 맞추기는 아이들이 어렸을 적 함께 많이 해봤기 때문에 문제될 게 없다고 생각했다. 하지만 거실 탁자 위에 천 개의 작은 조각들이 펼쳐지는 순간 아찔했다. 아무리 눈을 크게 뜨고 집중을 해 봐도 한 조각도 제 자리를 찾을 수 없어 암담했다. 갑자기 심장이 조여 오는 듯한 압박을 피할 수 없었다.

조금씩 나의 다혈질의 성격이 그대로 보여지는 것 같아 부끄러웠다. 몇 일째 백지 상태인 그림판을 보니 은근히 화가 났다. 괜한 일을 벌여 나의 인내력을 테스트하는 것 같기도 해서 조용히 치워버리고 싶은 마음이 굴뚝같았다. 그렇게 낙심한 채 앉아 있는 모습이 안쓰러웠는지 그때서야 가족들이 도와주겠다고 한다. 구세주를 만난 듯 내 얼굴엔 금세 화색이 돌았고, 꺼질 듯한 절망감에서 한층 여유가 생겼다.

틈틈이 온 가족이 머리를 맞대어 퍼즐 조각을 맞추다가 암암리에 자기 영역이 정해지곤 했다. 나는 잘 맞추지는 못해도 그동안 알게 모르게 개인주의에 빠져 있던 가족들이 하나된 것 같아 내심 기분이 좋았다. 화기애애한 분위기는 계속되었다. 깔깔거리며 웃다가 때론 엄청난 집중력을 보이면서 자기 영역들을 채우기 바빴다. 출근하기 전, 퍼즐 판이 채워져 가는 과정을 체크하는 것은 남편 몫이었다. 퍼즐 맞추기를 시작하면서 가족들의 귀가 시간도 빨라졌다.

그러던 어느 날, 남편은 술에 거나하게 취하여 늦은 시간에 귀가해선 절반쯤 맞춰진 퍼즐 판 앞에 앉았다. 나는 행여 흐트러지기라도 할까 싶어 안절부절 견딜 수가 없었다. 아니나 다를까. 남편은 불안해 하는 나의 표정을 본체만체 하며 퍼즐을 맞추겠다고 했다. 남편의 완고한 고집을 꺾을 수 없어 포기했다.

"두고 봐. 내가 퍼즐 다 완성해 놓을 테니 지켜보기나 하셔."

"아니 안 맞춰도 되니까 어서 들어가서 주무시지요. 제발."

"그럼, 내 영역만이라도 맞춰야지. 지금 나를 무시하는 건가?"

"그게 아니라, 혹시 잘못 건드려서 다 엎어질까 봐 걱정되니까 그렇죠."

평상시엔 차분하게 잘 맞추던 남편의 실력을 인정했다. 그런데 그 밤, 결국 우려했던 일이 터지고 말았다. 퍼즐 한 조각을 들고 한참 동안 여기저기 비슷한 곳에 맞춰보지만 허사였다. 끝내 한 개도 맞추지 못한 채 달아오른 취기를 견디지 못한 남편은 그만 퍼즐 판 위에 코를 박고 엎어져 버렸다.

맙소사, 이를 어쩌란 말인가. 순식간에 퍼즐 조각으로 난장판이 된 거실 바닥을 보면서 할 말을 잃었다. 내 표정은 그대로 굳어 버렸다. 남편이 원망스러운 건지 술이 미운 건지, 감정조차 정지된 듯 한동안 넋을 잃은 채 멍했다.

다음날 아침, 남편은 일어나자마자 내 눈치를 보며 멋쩍은 미소를 보냈다.

"미안해. 빠른 시일 안에 내가 다 맞춰 놓을게. 그러니 너무

째려보지 마. 당신은 웃어야 예쁜 거 알지?"

어이가 없었지만 남편을 믿어 보기로 했다. 우여곡절 끝에 다시 시작한 해바라기 그림 퍼즐은 남편이 주축이 되어 거의 보름 만에 완성되었다. 결코 웃지 못할 사건도 있었지만 오랜만에 가족이 함께 하여 최고의 걸작품을 만든 것 같아 뿌듯했다. 나는 예쁜 액자를 주문하여 거실 중앙 벽에 폼 나게 걸어 놓았다. 매일 아침 눈을 뜨자마자 해바라기를 바라보며 기분 좋은 미소를 짓곤 한다.

결혼과 동시에 가족이라는 하나의 퍼즐 판이 내 머리 속에 그려져 있었다. 그 퍼즐 판엔 그들이 원하는 삶이 아닌 전적으로 내가 원하는 방식으로 채워야만 만족하곤 했다. 그런 나의 이기적인 욕심 때문에 가족들이 힘들었을지도 모른다는 생각이 문득 스쳐갈 때 한없이 미안한 마음이 내 가슴 안에서 아프게 맴돌았다. 나의 어떤 틀에 박힌 고정관념의 사고로 인한 숱한 갈등의 시간을 잘 견디어 준 가족들이 그저 고마울 뿐이다. 그럼에도 불구하고 아이들의 사고는 참 건강한 것 같다. 나를 닮지 않음이 다행스럽다는 생각이 들곤 한다. 어떤 상황에서도 차분하게 현상을 극복하려는 강한 의지가 무엇보다 중요함을 이제야 조금 알 것 같다.

어쩌면 우리의 인생도 퍼즐 맞추기와 닮은꼴이 아닐까. 지금까지 거의 절반쯤 채워진 나의 인생 퍼즐 판이 원하든 원치 않든 내 중심이었다면, 나머지 절반은 각자의 삶의 재미난 흔적들로 채우면 어떨까 싶다.

최고의 여행 멤버

교통사고 후유증으로 다리가 많이 불편하신 시어머니, 척추 협착증을 앓고 계신 친정어머니, 그리고 이기적인 마음만 가득한 나. 어느 것 하나 온전하지 않았지만 세 여인이 함께하는 외국여행은 어쩌면 처음이자 마지막이 될 수도 있었기에 준비를 제대로 하고 싶었다.

몇 년 전 오월의 마지막 날, 홀로 되신 양가 두 어머니를 모시고 일본 큐슈 후쿠오카로 여행을 떠나게 되었다. 두 분 어머니 모두 사돈을 맺은 후 처음으로 함께 가는 여행이라서 걱정이 이만저만이 아니셨다. 다행히 두 어머니는 사돈이라는 약간의 불편한 관계를 의식하지 않으시고 서로에게 많이 배려해

주셨다. 그런데 우연의 일치일까, 두 분은 유별나게 까다로운 식성이 닮아 있었다. 난감했다. 여행을 할 땐 무조건 잘 드셔야 하는데, 식사 시간이 다가올 때마다 걱정이 되곤 했다.

둘째 날 여행의 모든 피로를 시원하게 풀어줄 온천으로 가는 날 아침이었다. 두 어머니께서 호텔에서의 조식이 입맛에 맞지 않은 표정이셨다. 그런데 내 눈치를 슬금슬금 보시더니 애써 맛있게 드시는 듯했다. 평상시에도 까다로운 입맛이신데 외국에선 오죽할까 싶었다. 괜히 안쓰럽고 죄송스러웠다. 그나마 다행인 것은 식사 외엔 낯선 곳에서의 적응이 생각했던 것보다 비교적 빨랐다는 점이다.

창밖에선 이미 유황의 냄새가 흩날리고 있었다. 도착한 그곳은 여러 효능을 자랑하는 작은 온천들이 모여 있는 마을이었다. 우린 마음껏 온천을 즐길 생각만으로도 행복했다. 어디 그뿐일까, 세월의 흔적만큼 깊게 패인 주름진 얼굴엔 어느새 환한 미소로 채워지곤 했다.

두 어머니는 평생을 살아오면서 자식들에게 무조건적인 헌신적 사랑을 줄 줄만 알았지 정작 자신을 위해서는 아무것도 해본 적이 없다고 하셨다. 천근만근보다도 무거웠던 육신의 신음을 위로 받을 수 있는 그 흔한 목욕탕에도 제대로 다니지 못하신 것이다. 시골이란 이유로 그런 혜택마저 자유롭게 누릴 수 없으셨으니 생각만 해도 마음이 아팠다. 그럼에도 불구하고 불평불만 한 마디 안 하셨기에 그런 생활을 아예 싫어하신 줄만 알았다. 나의 무지와 무관심이 그대로 드러나는 순간이었다. 참으로 부끄러웠다.

김이 모락모락 오르는 뜨거운 온천 물속에 전신을 담그시곤 천국이 따로 없다 말씀하신 시어머니. 관절통과 신경통이 깨끗하게 치료되는 것만 같다고 힘주어 말씀하신 친정어머니. 그 순간만큼은 세상의 어떤 것도 부럽지 않다고 몇 번을 되뇌이며 말씀하시곤 했다.

여러 군데 온천을 다니면서 지칠 법도 하신데, 두 어머니는 오히려 나보다 더 적극적이셨다. 금세 십년은 더 젊어지신 것 같다면서 전혀 힘든 내색을 안 하셨다. 그런데 나는 탈의실에서부터 온천탕에서 사용하는 모든 것들까지 두 어머니가 서운하지 않게 똑같이 챙겨드리는 사이 점점 지쳐갔다. 마지막 노천온천에선 낯선 곳 하늘 아래서 모든 것을 다 내려놓으신 듯, 편평한 바닥에 따뜻한 온천물이 잔잔하게 흘러 마치 물침대라도 되는 양 가장 편안하고 안정된 자세로 누우셨다. 그 나체의 모습을 하늘이 내려다보는데도 전혀 부끄럽지 않으신 모양이었다. 마치 모든 삶을 초월한 느낌마저 들었다.

그날 밤, 나는 나의 지친 몸과 마음을 달래기 위해 혼자 시내 구경을 나가려는 참이었다.

"저, 한 시간만 나갔다 올 테니 이따 문 좀 열어주세요."

"우리는 둘 다 문 열 줄 모르는데…."

당황스러웠다. 한참 문 여는 방법에 대해 사용설명을 하는데 어딘가 모르게 불안해하신 것 같아 그냥 카드를 가져가는 게 나을 듯했다. 그리곤 두 어머니께 먼저 주무시라면서 방 카드를 뽑았다. 카드를 뽑자 금세 어두워진 방안이 두렵고 무섭다면서 두 어머니도 같이 가겠다고 나서셨다.

결국 두 어머니와 함께 쇼핑을 하며 조그마한 선물도 샀다. 다리가 아파올 즈음 우린 어느 먹거리 집 앞에서 잠시 쉬어 가기로 했다. 간단한 음식을 주문하여 먹고 있는데 어디선가 피아노 소리가 들렸다. 마침 그곳에 분수 쇼가 열리는 시간이었다.

여행을 좋아하는 나는 여러 나라를 다니면서 늘 마음에 숙제처럼 남아 있는 뭔가의 불편함이 있었다. 이런저런 이유로 한 번도 외국여행을 해보지 못한 두 어머니를 모시고 가이드 역할을 자청하면서 이젠 어느 정도 나의 불편했던 마음이 해소된 것 같다. 여행을 통해 사돈이라는 관계가 무색할 정도로 친밀해진 두 어머니께서 나에 대한 칭찬을 아끼지 않으셨다. 당연한 일을 했음에도 불구하고 마치 엄청난 일을 해낸 것처럼 뿌듯한 만족감이 하늘을 찌를 듯했다.

"사돈, 우리 건강 잘 챙겨서 다음에 또 같이 오도록 합시다."

"그럽시다. 다음엔 비행기 더 오래 타는 곳으로 갔으면 좋겠네요."

비행기 안에서 서로의 손을 꼭 잡고 약속하신 두 어머니의 말씀이 귀에 선명하게 들린다. 나의 최고의 여행 멤버이신 두 어머니께서 부디 건강하시어 다음엔 더 좋은 곳으로, 더 따뜻한 곳으로 모시고 갈 수 있는 기회가 주어지기를 기대해 본다.

나만의 작은 카페

나는 가끔 나의 작은 카페에서 하루를 시작하곤 한다.

예전부터 혼자만의 사색을 즐기고 싶었는데 마침 남편으로부터 자동차를 선물 받았다. 늦은 오후 차를 몰고 나갔다. 그리 화려하진 않아도 편안함과 안락함을 누릴 수 있는 나만의 작은 카페로 꾸미고 싶었다. 소품 하나하나까지 실내 장식을 최대한 아늑한 느낌이 들도록 맞추었다. 귀에 걸린 미소는 마치 지금까지 살아온 삶에 대한 보상이라도 받은 것처럼 자꾸만 깊은 곳까지 파고들어와 더 큰 웃음을 낳곤 한다. 누군가에겐 별거 아닐 수 있지만 적어도 나에겐 혼자의 시간을 누릴 수 있다는 것만으로도 세상을 다 가진 것보다 행복하다니. 그도 그럴 것이 때론 남편의 품보다 포근하여 집으로 들어가야 할 시간을 깜박 잊을 때도 있다.

그 작은 카페에서 음악 그리고 커피와 함께 하나의 공동체로 살아온 지도 벌써 10년이 훌쩍 넘어가고 있다. 맑은 날엔 함박웃음 소리가 음악을 대신하였고 흐린 날엔 눈물로 울적한 마음을 달래곤 하였다. 작은 카페는 그렇게 마음의 쉼터가 되어주었다.

가끔 비가 오는 날이면 지붕 위로 세차게 쏟아지는 빗소리에 잠잠하던 심장이 먼저 반응해오곤 했다. 그날도 그랬다. 늦가을 마지막 홀로 남은 나뭇잎 하나 촉촉하게 젖어들 때쯤 주체할 수 없는 쓸쓸함도 덩달아 젖어 든다. 그럴 때마다 무엇인가에 홀린 듯 가슴 한편에 고스란히 남아있는 서러운 감정들을 태우곤 빗길을 달린다. 그것만으로도 좋다. 물위를 날아오르는 기분이다. 한적한 빗길 위에 잠시 파킹을 하고 나면 와이퍼 작동이 멈춘다. 희미한 유리창에 울적한 마음이 그대로 전이가 된 듯 슬픔은 그렇게 하염없이 흘러내린다. 그러다 문득 어느 날엔 아직 남아있는 외로움의 흔적을 타파할 기세로 지붕까지 뚫어버릴 것 같은 비바람을 만나곤 한다. 어찌되었건 삶의 여유를 조금씩 발견함과 동시에 새로운 내일을 기다리는 설렘은 아직 살아야 할 이유인 듯했다.

얼마 전 따듯한 목도리가 생각나더니 벌써 겨울이 온 것 같다. 나는 하얀 목도리를 목에 두르고 옷을 겹겹이 챙겨 입은 후 찬바람에 휘청거리는 거리를 걷는다. 손이 시리고 발이 시려 오도록 걷고 또 걷는다. 그리곤 다시 나만의 작은 카페를 찾아 들어간다. 커피 한 잔에 담긴 따듯함은 꽁꽁 얼어붙은 지친 영혼을 위로하며 한겨울에 가장 예쁘게 피어날 미소의 꽃봉오리를 만들곤 한다. 그렇게 혼자 카페 창가에 기대 앉아 먼 산을 멍하니 바라보는 것은 이제 낯설지 않다.

어쩌다 운이 좋은 날엔 하늘로부터 함박눈을 선물 받기도 한다. 순백의 상태로 내려와 조건 없이 흩날리는 장면은 마치 천사가 춤을 추는 것만 같다. 세상을 향해 아낌없이 내어 주는 그 사랑에 반해 나의 시선은 말없이 하늘을 향한다. 그 아름다운 전경에 몰입이 깊어질수록 내 안에 쌓여 있는 원망과 불평의 감정들이 나도 모르게 하나 둘 희석되어 빠져나가곤 한다. 나는 한참동안 마음을 열어 둔 채 그곳에 머무른다. 흩날리는 새하얀 눈과 함께 나쁜 생각들이 아주 멀리 사라져간 그때서야 비로소 진정한 쉼을 누릴 때도 종종 있다. 순백의 아름다움은 미워하던 마음도 결국 사랑으로 바꾸어놓은 보이지 않는 힘이 있는 듯하다.

나만의 카페에서 누군가는 사랑을 고백하고 그 사랑 때문에 종일 입가에 미소가 머물러 있는 것을 보곤 한다. 또 다른 누군가는 카페와의 만남을 통해 삶의 작은 변화를 경험하며 행복의 순간을 말하곤 한다. 때론 예상하지 못한 치유와 회복이 일어날 때도 있다. 이렇듯 세상사가 늘 한결같이 평안하면 좋겠지만 어느 날엔 무척이나 힘들었던 삶의 고민을 털어놓는 장면이 목격되곤 한다. 그런 날엔 어김없이 함께 아파하며 자정이 넘어 새벽에 이르기까지 장소를 무한 제공한 적도 있다. 대화를 통해 눌려 있던 감정의 산들이 하나씩 무너짐을 볼 땐 답답했던 내 마음까지 후련하다는 생각이 들곤 했다.

살다 보면 나의 작은 카페는 부부싸움의 도피처가 되곤 한다. 언제든지 이동이 가능한 장점 때문에 가끔 애용하는 편이다. 시동을 켜고 음악의 볼륨을 최대한 올린 후 죽지 않을 만큼 달리다 보면 어느새 화가 풀리곤 한다. 나는 신기할 정도로 그 안에서 특별한 위로를 받는다. 누구의 도움 없이도 화해하는 방법과 용서하는 마음이 저절로 생겨난 것이다.

오랫동안 때로는 애인처럼 때로는 삶의 동반자로 함께 해 온 시간들이 너무 소중하다. 어쩌면 그로 인해 지금까지 젊음이 유지되는 듯한 삶을 살고 있다고 해도 결코 과언이 아닐 듯싶다. 말하자면 인생을 즐기며 사는 것과 풍부한 감수성까지 아낌없이 제공받은 셈이다. 모든 것이 감사하고 행복할 뿐이다.

그렇게 삶의 희로애락을 함께 나눴던 나의 작은 카페는 이제 좀더 따뜻하고 좀더 세련된 멋진 카페로의 변화를 꿈꾸고 있다. 어차피 더 좋은 카페는 남편으로부터 나올 수밖에 없을 터, 내친김에 오늘 밤 진한 커피 향이 어우러진 감미로운 음악에 취해 사랑하는 남편을 유혹해 보는 건 어떨까 싶다.

내 속에 또 다른 나

마침 일요일이었다. 느지막이 일어나 무심코 텔레비전 리모 컨을 들고 여기저기 채널을 돌리다 〈복면가왕〉을 하고 있는 채널에 멈추었다. 그들은 본래의 모습을 감춘 채 다양한 복면 을 쓰고 노래를 했다. 전적으로 목소리의 실력으로만 인정받 고 싶은 욕심이 있는 사람들에겐 좋은 기회인 것 같아 괜찮아 보였다. 말하자면 오로지 가창력으로만 승부를 가리기 때문에 더욱 매력적이지 않을까 싶었다. 관중의 시선을 의식하지 않 아도 되니 노래에 제대로 몰입할 수 있는 것 같았다. 순간 나 도 모르게 도전하고 싶은 마음이 뜨겁게 달아올랐다.

그런데 어쩌면 나는 이미 보이지 않는 가면을 쓴 채 살고 있는지도 모른다. 필요에 따라 내 속에 또 다른 나의 모습이 은근슬쩍 나타나서 주인 행세를 할 땐 당혹스럽기까지 하다. 과연 어느 것이 진짜 내 모습인지 가늠하기 힘들 때도 종종 있다. 어느 누구라도 눈치 챌 수 없는 자연스러운 속임수가 몸에 배인 듯 내 자신도 착각할 정도였으니 오죽할까 싶다. 생각해 보면 착한 사람 콤플렉스에 마술이 걸린 듯했다.

그런데 참 아이러니하게도 내 주변에서 나와 같은 생각 속에 살고 있는 사람들을 많이 보곤 한다. 그들이 굳이 말하지 않아도 자신의 실제의 표면을 덮고 있는 가면 속에서 그저 보이지 않는다는 이유로 본인만 모르는 미성숙함을 잘난 척 드러내고 싶어 안달하는 어색한 완벽주의자들. 그들은 그렇게 자신의 속임수를 완벽하게 가린 줄 믿고 방심한 채 살아간다. 그러다 문득 삶의 어느 틈엔가 도드라지는 본래의 모습이 나타나면 스스로 깜짝깜짝 놀라곤 한다. 마치 나쁜 짓을 하다 들키기라도 한 것처럼 당황한 기색이 역력하다. 그런 모습을 볼 때마다 안타까운 마음이 앞서지만 그러려니 하며 무심한 척 그렇게 또 지나가곤 한다.

돌이켜보면 나와 다를 바 없는 그들의 처지를 결코 비난해서도 안 되며 그렇다고 애써 옹호하고 싶은 마음도 없다. 어쩌다가 이 지경까지 이르게 되었을까 생각할수록 그저 안타까울 뿐이다. 그나저나 필시 이 또한 습관이 되어 버린 지 오래여서 가면을 벗기까지는 시간이 좀 걸릴 듯싶다.

그런데 언제부터였을까. 맑고 순수한 영혼이 소리 소문 없이 가출한 그 쓸쓸한 자리에 철저히 가면으로 가려진 삶을 살게 된 까닭. 문득 무의식적으로 방어하는 습관 때문이었을지 모른다는 생각에 사로잡혔다. 그러니까 그건 아마도 첫인상과 연관이 있는 듯했다. 어쩌면 나를 포함한 많은 사람들이 어딜 가든지 누굴 만나든지 기왕이면 좋은 이미지의 첫인상을 보이고 싶은 것은 당연할 수 있다는 생각을 해보았다. 우연찮게 나의 첫인상은 참 괜찮은 사람으로 항상 후한 점수를 받았다. 그래서일까. 은연중에 그들에게 더 잘 보이고 싶은 강박에 사로잡히곤 했다. 어쩌다 본래의 적나라한 모습이 그대로 노출되는 것이 두려워 아무도 모르게 전전긍긍하며 살았는지 몰랐다. 그렇게 빈틈없이 철저하게 완전 무장을 하였어도 시간이 흐름에 따라 그 단단하던 것이 자동으로 해제될 기미가 보이면 더욱 두꺼운 가면을 사용하여 이중 삼중으로 묶어 두진 않았었는지. 참으로 어리석게도 나의 속사람은 온데간데없고 겉사람만 괜찮아 보이는 실속 없는 삶의 소유자는 아니었는지 그 또한 모를 일이었다. 무엇이 그토록 두려웠단 말인가.

그랬다. 내 속에 너무도 많은 내가 있지만 정작 나다운 나는 없었다. 말하자면 가면을 쓰고 있으니 보이지 않는다 하여 마음 놓고 잘난 척하는 얄미운 위선자는 아니었을까. 불현듯 남의 시선에 초점을 맞춰 평생을 살아야 한다는 생각만으로도 숨이 탁탁 막혀왔다. 무엇보다 괜찮아 보이는 나를 유지하기 위해선 그 무거운 가면의 눌림에도 참을 수밖에 없다는 사실이 참으로 안타까웠다. 그 뿐일까. 그저 남에게 잘 보이고 싶은 강박의 구속에 갇힌 줄도 모르고 마치 자신을 지키는 무기라도 되는 양 그렇게 가면을 벗고 싶진 않은 이유로 정당화하곤 했다.

어느 순간 삶이 지쳐 보였다. 곁에 있는 가을이 깊어지고 낙엽이 수북이 쌓인 어느 한가로운 날 차를 몰고 가다 편안한 느낌이 오는 곳에 멈추고 싶다. 그 멈추어선 곳에서 눈 먼 강박의 이중 구속에서 벗어나고픈, 있는 그대로의 모습인 나를 보듬어 안아주고 싶다. 그랬다. 더 늦기 전에 이제라도 답답한 가면을 벗고 자연스러움이 주는 신선한 아름다움을 오롯이 느껴 보길 원했다.

성격이 모나면 좀 어떠랴. 완벽하지 않으면 좀 어떠랴. 아이들이 엘리트 코스대로 가지 않으면 좀 어떠랴. 내면 깊숙한 그곳에 나만의 향기 나는 매력이 얼마든지 있다는데. 이제 더이상 흔들리지 않으며 속지 않으련다. 남에게 보이고 싶은 내가 아니라 무의식중에라도 진짜 나의 모습 앞에 숙연해지고 싶다.

〈복면가왕〉에서 패배한 자들은 곧바로 가면을 벗고 그들의 정체를 밝힌다. 패자의 가면 속 궁금증이 풀리면서 실제로 드러나는 민낯에 때때로 격한 반응을 보이곤 한다. 패자라는 서운함은 잠깐이고 왠지 가면을 벗었다는 것만으로도 홀가분할 것 같은 부러움이 내 얄팍한 마음을 장악한다. 더불어 어쩌면 나를 포장하고 있는 보이지 않는 가면도 언젠가 벗겨질 승자의 가면이 아닌, 차라리 그 순간 바로 벗을 수 있는 패자의 가면이기를 진심으로 원하고 있었던 것은 아니었는지….

파워스피치 강사

12월 29일. 내 삶에 있어 한 남자와의 인연이 시작된 특별한 날이다. 창문 틈으로 살짝 스며들어온 찬바람 때문에 잠에서 깼다. 온 세상은 하얀 나라였다. 예상치 못한 광경에 당황하기도 했지만 그 또한 기분 좋은 만남으로 받아들이기로 했다. 밤새 내린 하얀 눈의 축복을 받으며 그 발 위에 내 발을 포개어 우린 하나가 되었다. 혼자가 아닌 둘만의 새로운 보금자리를 향하는 발걸음은 가벼운 듯하면서 약간의 무거움이 느껴지곤 했다. 첫날 밤, 우린 순백의 시간 속에서 진실을 담아 진지하게 삶의 계획을 세웠다.

그 중에 하나로서 최소한 십 년은 아이들 위주로 집중하는 삶, 그리고 그 이후 십 년은 오직 내가 하고 싶은 것을 하며 사는 삶을 약속했다. 당연히 아이들의 교육 문제는 전적으로 내 몫이었다. 별 문제없이 십 년이란 세월이 빠르게 지나갔다. 그 사이 아들은 초등학교 4학년, 딸은 1학년이 되었다.

연둣빛 새싹이 하나 둘 세상을 향해 솟아오를 무렵, 잠잠하던 나의 지체들도 기지개를 켰다. 마치 십 년을 학수고대하며 기다렸다는 듯이 내 몸과 마음은 조금씩 꿈틀거렸다. 드디어 나를 위한 삶이 시작된 것 같아 설렜다. 언제부턴가 내 자신 스스로가 무기력해지고 있다는 것을 조금 느끼고 있었을 뿐, 가정생활에 문제가 있었던 건 아니었다. 더 늦기 전에 누구의 아내, 누구의 엄마가 아닌 나다운 나로 살아보고 싶었다. 무엇을 할까. 무엇을 배울까. 이제 막 사회생활을 시작하는 새내기처럼 그렇게 내 마음은 들떠 있었다.

열정은 하늘을 찌를 듯했지만 전업 주부였던 나는 할 줄 아는 게 별로 없었다. 그때 가까운 지인이 어느 학습지 방문교사를 추천했다. 대학에서 교육학을 전공했기에 일단 도전해 보기로 했다. 연수를 받고 처음 시작한 지역은 집 근처였다. 통상적으로 볼 때 늦은 출발인 것 같은데 수업하는 것은 생각보다 빠르게 적응했다. 학부모들과 책임자로부터 인정을 받으며 안정적으로 자리를 잡아가고 있었다. 그렇게 1년이 지날 즈음, 느닷없이 한 통의 전화를 받게 되었다.

"너, 스피치 강사 할 수 있지?"

"어머 갑자기 그게 무슨 말이야? 스피치 강사라니?"

"너 목소리 좋잖아. 우리 문화센터에서 강사 한 명 구하는데 딱 너 생각이 난 거야."

친구와의 통화는 거의 일방적이었다. 나의 확실한 대답을 듣지도 않고 무조건 할 거라 믿는다며 여운을 남기고 전화를 끊었다.

어차피 두 가지 일은 할 수 없으니 학습지 교사를 그만두어야 하는데 고민되었다. 갈팡질팡한 마음을 가라앉히고 빨리 결정을 해야만 했다. 어쨌거나 강사라는 타이틀이 자꾸만 나를 유혹했다. 잠시 갈등을 하였지만 어느새 내 마음은 강사의 길을 선택하여 나갈 채비를 하고 있었다. 사실 무슨 일이든 새로운 것을 습득할 때는 약간 두렵기도 하고 마음 한편에선 나도 모르는 사이 조금씩 설레곤 한다. 나는 종종 그런 스릴을 즐기는 편이다.

문화센터에서 첫 '파워스피치' 수업을 하게 되었다. 파워스피치는 말하기와 다양한 표현력을 통해 발표력을 키우기 위한 수업이었다. 대상은 초등학생들이었다. 흡입력 있는 목소리로 청중을 사로잡는다는 칭찬을 들었던 터라 자신감이 있었다. 나름대로 완벽하게 강의 내용을 숙지했기에 수업 교재는 따로 준비하지 않았다. 하지만 첫 수업은 공개수업으로 진행된다는 걸 깜박 잊고 있었다. 수업이 시작되면서 몇 명의 학부모들과 관계자들이 강의실 한 쪽에 자리를 잡았다. 긴장의 땀이 숨구멍에서 하염없이 흘러나왔다.

간단한 주제에 대한 아이들의 1분 스피치는 한 사람씩 문제 없이 진행되었다. 반응이 좋아 수업이 재미있는 줄 알았다. 우쭐했다. 시간이 흐를수록 강의를 더 잘하고 싶은 욕심도 났다. 하지만 웬걸, 수업 중반을 지날 무렵 한두 명의 아이들이 딴짓을 하며 집중력이 떨어지는 것을 목격하는 순간 급속도로 당황되었다. 자신감은 등 뒤에 숨어버렸고, 혀가 꼬이면서 호흡은 빨라지고, 시선은 불안정했다. 철저하게 준비했던 수업 내용은 온데간데없이 순식간에 날아가 버렸다. 마지막 마무리를 어떻게 했는지 아무것도 생각이 나질 않았다. 학부모들과 면담도 해야 하는데 그날따라 50분이란 시간이 어찌나 길든지 야속하기만 했다.

첫 스피치 수업인데 참 허망하게 끝나고 말았다. 얼굴은 발갛게 달아올랐고 몸엔 힘이 쫙 빠졌다. 회원이 늘어야 하는데 오히려 줄어들까 봐 전전긍긍했다. 어쩌면 첫 경험의 실수가 나를 돌아보기에 꼭 필요한 어떤 처방전 같았다.

그날 이후, 다행히 수업을 계속하게 되었다. 나는 같은 실수를 반복하지 않기 위해 심혈을 기울여 수업 교재를 만들었다. 문화센터와 초등학교 '방과 후 학교' 세 군데를 더 확장하여 바쁘게 스피치 수업을 몇 년 동안 계속했다.

대부분의 아이들이 표현력의 부족으로 인한 따돌림을 받은 상처가 있었다. 안타까웠다. 그들이 편견 없이 세상을 마주하도록 자신감을 키워주고 싶었다. 무엇보다 어떤 상황에서도 자신을 방어할 수 있는 말하기 능력을 키우는 게 우선이었다. 어디에서든지 자신과의 싸움에서 포기하지 않는 아이들은 금방 눈에 띄게 달라지곤 했다.

워낙 내성적인 탓에 자기소개도 잘하지 못했던 초등학교 3학년 여자아이가 있었다. 그 아이는 두 달 만에 수다쟁이가 되어 학교에서 반장까지 하게 되었다면서 연신 자랑을 했다. 나는 엄지를 치켜세우면서 칭찬을 아끼지 않았다. 괜히 나를 자랑하는 것 같아 쑥스럽지만 이 짜릿한 맛을 어디에 견줄 수 있단 말인가. 그렇게 보일 듯 말 듯 조금씩 변화된 아이들을 보면서 비로소 나의 삶을 찾은 듯 뿌듯했다. 가끔 이 작은 것을 통하여 살아 있는 에너지를 제대로 공급받은 최고의 수혜자는 바로 나일 거란 생각이 들곤 했다. 그렇게 잠잠히 내 안에 머무는 소소한 감정이 더없이 좋았다.

나 어릴 적엔 늘 소심하고 부끄러움이 많았다. 용기가 없어 발표도 잘 하지 못했고 있는 듯 없는 듯 그런 시간 속에 묻혀 있었다. 이심전심이었을까. 어쩌면 이 아이들의 모습을 보면서 문득문득 내 모습을 보는 것 같아 스피치 교육에 더 적극적이었는지 모른다. 꼭 파워스피치가 아니더라도 당당하게 자신을 나타낼 수 있기를 바라는 마음이 마치 나의 일처럼 간절했다.

바쁜 일상 중에서 모처럼 쉼의 여유를 즐기고 있는 어느 날, 초등학생인 아들이 과제 발표에 대해 걱정하는 것을 보았다. 내가 도와주겠다고 했는데 단번에 거절당했다. 어이가 없었다. 스피치 강사인 나의 도움을 받으려 하지 않는 아들이 이해가 되지 않았다. 그날 밤, 겨울비처럼 스산하게 전해온 아픈 마음을 다독이며 아들한테 거절당한 이유를 곰곰이 생각해 보았다.

어리석게도 다른 아이들의 발표력이 향상되고 있는 동안, 정작 내 아이들이 발표에 대한 두려움에 떨고 있다는 것을 알아채지 못했다. 생각할수록 미안한 마음에 견딜 수 없어 얼마 후 스피치 강사를 그만두었다. 바쁘다는 핑계로 아이들과의 관계를 소홀히 한 나의 자업자득이었다. 결국 내 아이들에게는 인정받지 못한 참으로 아이러니한 파워스피치 강사였다.

2부

중독, 그 외로움

뜻밖의 만남

해질녘이면 나는 괜스레 마음이 바빠지곤 한다. 때론 저녁을 먹는 둥 마는 둥 이미 마음은 반포대교 밑 무지개분수 아래가 있다. 벌써 몇 년째 한강의 물결 따라 저녁 산책을 즐기는 중이다. 강물과 어우러지는 환상의 불빛을 보면서 나의 출렁이는 외로움의 전율은 그렇게 또 안정을 찾는 듯하다. 혼자여도 참 좋다. 어쩌다 우연히 지인이라도 만나는 날은 운수가 좋은 날이다.

비가 보슬보슬 내리는 날이었다. 나는 우산을 접고 잠수교 위를 걷는 낙을 느끼고 싶었다. 나는 시선을 강 중심에 두고 터벅터벅 걸었다. 공허함을 느끼지 못할 만큼 가벼워진 발걸음이 잠수교 중간 지점을 지나고 있을 무렵이었다. 맞은편에서 왠지 나와 같은 생각, 같은 느낌에 충실할 것만 같은 한 사람이 걸어오고 있었다. 아니나 다를까 평소에 내가 좋아하는 작가였다. 만나기 힘든 시간이었던 터라 더욱 반가웠다. 늘 혼자이던 산책길에 간만에 동행자가 생긴 것 같아 기분이 남달랐다.

뜻밖의 만남이 마주친 곳에선 때마침 무지개분수가 가동되어 분수동굴이 타원형으로 만들어지고 있었다. 동굴 안에 갇힌 느낌인데 오히려 황홀하기까지 하다니. 뭔가 특별하다는 생각마저 들었다. 무지개 불빛을 머금은 빗방울이 강물에 떨어지는 소리를 들을 땐 마음이 편안해지며 분수에 맞춰 흘러나오는 음악소리를 들을 땐 갇혀 있던 마음이 생기를 찾은 듯했다.

나는 글쓰기를 하면서 글의 구상이 잘 떠오르지 않을 땐 강변을 걸으며 생각에 잠기곤 했다. 그런데 그 작가 또한 나와 비슷한 상황이 많았다면서 가끔 시간을 내어 함께 산책하자고 제안했다. 나는 흔쾌히 수락을 한 후 산책 중에 많은 대화를 나누곤 했다.

대화의 시간을 통해 그 작가와 난 닮은 점이 참 많다는 것을 알게 되었다. 후두두둑 떨어지는 빗소리를 들으며 무작정 어디론가 목적 없이 떠나고 싶은 것도, 버스나 기차여행을 하며 사색하는 것도, 뚜벅뚜벅 혼자 걷기를 좋아하는 것 등등. 사사로운 것들까지 예사롭지 않게 공통점이 많다는 사실이 놀라웠다.

어디 그 뿐일까, 소소한 일상의 모든 이야기에서부터 서로의 작품에 대해 의견을 나누다보면 몇 시간이 훌쩍 지나가곤 한다. 그럴 때마다 웃음 코드가 잘 맞아서인지 지루함이 전혀 느껴지지 않았다. 어쩌면 이미 상대방의 말씨가 내 안에 들어와 함께 공유하는 어떤 친밀함 때문인 것 같다는 생각이 들곤 했다. 혹여 지금까지의 상황들이 우연의 일치일 수 있다는 착각을 조금도 인정하고 싶지 않은 까닭은 왠지 필연일 것만 같은 생각이 나를 지배하기 때문이었다. 그렇다면 이 작가와는 필시 운명 같은 인연이라도 되는 걸까. 나는 혼자 생각하며 피식 웃었다.

그 후론 그 작가와 나는 누가 먼저랄 것도 없이 자연스럽게 동지가 되었다. 세상에 둘도 없는 같은 편을 만난 듯 편안했다. 서로에게 보이지 않는 어떤 든든한 버팀목이 되어 주는 것 같고, 어떤 슬럼프가 오더라도 거뜬히 이겨낼 수 있도록 잠잠히 곁에 머물러 주는 것만으로도 힘이 나는 그런 사람, 그런

동지인 것이다.

때론 거창한 이야기가 아닐지라도 하나의 문학작품에 대해 허심탄회하게 철학적 사유를 함께 나누곤 했다. 간혹 의견이 분분하여 생각이 대립되곤 하는데 그럴 때마다 결국엔 내 의견을 더 존중해주던 참으로 괜찮은 사람이었다. 그래서 더욱 좋아할 수밖에 없는 작가인지도 모른다. 어쩌면 그 만남으로 인해 내가 속한 모든 인간관계에서 이따금씩 몸서리치게 외로움을 느끼던 시간들도 현저하게 줄었으니 이보다 더 좋은 특효약은 아마도 없을 듯싶다. 단조로웠던 일상이 함께 걷는 발걸음만으로도 마음이 부요해지며 무엇인가를 끊임없이 갈급해하던 조급한 마음은 한결 여유로워짐을 알게 되었다.

그랬다. 나는 어쩌면 오랜 시간동안 대화의 갈증에 목말라 했는지 모른다. 사방이 가로막혀 어느 한 곳에 마음 둘 곳 없는 작은 물고기가 새 물 새 강가를 만났을 때 살아내기 위한 퍼덕거린 몸부림은 마치 나를 보는 것 같은 친숙함이 들었다. 언제부턴지 남녀노소를 불문하고 대화의 코드가 맞는 사람을 만났을 땐 평범한 일상에 생기가 돌았고 삶도 업그레이드 된 기분이었다. 말하자면 언어의 창조자가 아님에도 불구하고 끊임없는 대화가 부드럽게 이어질 땐 그야말로 살아 있는 언어의 달변가 같은 착각이 들 정도였다.

세상에 사람이 참 많다지만 마음이 서로 잘 통하는 사람을 만나기란 쉽지 않은 것 같다. 그 많은 사람 중에 단 한사람이어도 좋다. 기왕이면 감정을 나눌 수 있는 사람이라면 더욱 좋을 듯싶다. 서로 비난하지 않고 서로의 감정을 존중하여 공감하고 소통한다는 것은 참으로 복된 일 중에 하나이리.

그해 겨울, 문득 바다가 보고 싶었다. 겨울 바다 한가운데서 하얀 파도소리를 들으며 다정하게 걷고 있는 두 그림자를 보았다. 행여 파도에 묻혀 그림자가 사라질까 싶어 가만히 지켜보는 나의 등 뒤로 경포대의 따듯한 겨울 햇살이 백허그를 하듯 사랑스럽게 감싸 안았다.

초록의 향기

내가 임林에게 반한 건 대략 4년 전쯤이었던 같다. 세상에서 가장 여유 있는 모습으로 두 팔 벌려 나를 포근하게 안아주던 임林. 그날 그렇게 마주한 인연이 내 삶에 새로운 에너지의 저장고가 되었다는 걸, 임林은 알까?

임林을 만나기 전 난 참 많이 아팠었다. 말로 다 표현할 수 없을 만큼 심하게 아린 어깨통증 때문에 나의 삶의 질은 엉망이었다. 살고 싶은 의욕이 없어진 지 오래되었고 좋아하는 여행은 이미 흥미를 잃어갔다. 솔직히 밤이 오는 게 가장 무섭고 두려웠다. 지친 하루의 일정을 마치고 편안하고 안락한 쉼의 시간을 기대하며 침대에 눕는 순간 통증은 절정에 이르렀고

늘 고통스런 시간의 연속이었다. 의도치 않게 밤을 지새운 날도 다반사였다.

그런데 살아보니 어느 누구도 고통의 깊이를 당사자만큼은 이해하지 못하는 것 같다. 가족이 있는데도 불구하고 참 많이 힘들고 외로웠으니 말이다. 밤새 이어 눈을 뜨자마자 통증을 견뎌야 하는 생활이 몸서리치게 싫어질 때면 차라리 삶의 시간을 정지하고 싶은 갈등 앞에 마음이 흔들거렸다. 문득문득 섬뜩한 생각들이 나의 잠잠한 심장을 자극하곤 했다.

6월 중순, 아마도 딱 이맘때쯤인 거 같다. 보드라운 새싹들이 초록의 진한 사랑으로 인해 마치 빨간 덩굴장미를 생산이라도 한 것처럼 거리는 온통 그렇게 평화로웠다. 그때 그 작은 꽃망울들을 보면서 예상하지 못했던 욕망이 꿈틀거렸다. 나의 활동적인 삶과 이루지 못한 사랑이 이대로 멈춰버린다면 너무 억울할 거 같아 용기를 내어 수술을 하기로 했다.

그런데 시간이 흐를수록 과거에 다섯 번의 전신마취에 대한 좋지 않은 경험이 떠올랐다. 두려움과 불안한 마음은 그때보다 수위를 더 높인 채로 나를 따라다니며 괴롭혔다. 평정을 잃지 않으려고 최선을 다해 중심을 잡아보아도 수술 날짜가 다가올수록 나를 압박하는 긴장 때문에 아무것도 할 수 없었다. 코너에 몰린 듯한 어쩔 수 없는 상황에서 수술하기 전 모든 사인을 마치고 침대에 실려 들어간 그곳, 그 수술실의 싸늘한 공기가 무서운 속도로 내 몸을 휘감아 돌았다. 수술을 대기하는 시간인데 아무것도 보이지 않아 눈을 감았다. 그리곤 이곳을 무사히 나갈 수 있기를 정말 간절하게 기도했다. 아직 해야 할 일도 많고, 좋은 사람들과 삶을 더 나누고 싶고, 무엇보다 가족들과 마지막 인사를 하지 못했으니 한 번의 기회를 달라는 것도 잊지 않았다. 기도의 시간은 아마도 세 시간이 훌쩍 지날 때까지 계속된 듯했다.

대략 세 시간 정도의 수술이 끝나고 병실로 올라왔는데 수술실에서의 차가운 냉기로 인해 아직 온몸이 파르르 떨리며 비몽사몽이었다. 어렴풋이 아들의 목소리가 들려왔다. "엄마, 괜찮아요? 수술 잘 되었대요. 눈떠 보세요." 참으로 간사하게도 수술 결과가 좋다는 말에 정신이 반짝 들며 창백한 얼굴에 옅은 화색이 돌았다. 왠지 화려하게 부활할 것만 같은 나의 삶이 절로 기대되었다.

퇴원하기 전 마지막 진료 시간에 수술했던 팔이 감각이 없는 거 같다고 의사 선생님께 말했더니 수술 부위 밑에서부터 손가락 마디마디까지 저림 증상과 함께 아무런 통증을 못 느끼는 마비 증상이 나타난 것이라고 했다. 수술은 잘되었는데 약간의 후유증인 것 같다는 말을 믿고 싶지 않았다. 아니 내 속에선 강하게 거부하며 반박하고 있었다. 왜 하필이면 그런 치명적인 후유증이 내게로 왔는지 절망스러웠다. 희비가 교차하는 시점에서 소리 내어 울 수도 웃을 수도 없는 난감한 상황이 적잖이 당황스러웠다.

시간이 가면 나아질 거라는 의사 선생님의 말이 무색할 정도로 마비 증세는 점점 더 심해졌고 극심한 스트레스로 인해 매일의 삶이 우울했다. 그때부터 나의 무기력증은 상상할 수 없을 만큼 바닥으로 가라앉았다. 요즘 백세시대라지만 아직 그의 절반도 살지 못했는데 팔이 마비된 채로 나머지의 삶을 살아갈 용기가 없었다. 설상가상으로 대인기피증까지 생기면서 순식간에 어둠의 긴 터널 안에 갇혀 버린 것 같았다. 보이지 않게 나의 삶을 파괴하는 감정의 방황들이 소름 돋도록 무서웠다. 그런 나의 모습을 지켜보며 참으로 안타까워하는 가족의 끈질긴 설득으로 인해 임㭗을 만나게 된 것이다.

난 그날을 기억한다. 임㭗의 품에 안기자마자 비로소 웃음을 찾기라도 한 것처럼 시종일관 편안한 얼굴이었다. 임㭗과 함께 숲 속을 거니는 내내 사는 날 동안 평생지기로 지내면 좋겠다는 생각이 들곤 했다.

모든 것이 풍성했던 숲 속의 여유로움에 반해 닫힌 마음의 문이 열리면서 지금 나에게 일어난 모든 상황들을 이해하고 조금씩 인정하게 되었다. 초록의 터널 사이로 언뜻언뜻 자신의 모습을 내보이며 곧 나을 것만 같은 믿음을 주었던 햇살들, 가는 걸음마다 마치 나를 안내라도 하듯 한 걸음 먼저 날아가서 아름다운 날갯 짓의 유혹으로 소망을 품게 하는 나비들, 뿐만 아니라 여러 모양으로 힘들고 지쳐 있는 나에게 한 치의 망설임도 없이 쉼의 자리를 선뜻 내어주던 사랑이 가득한 벤치들까지 나에겐 참으로 소중한 존재들이었다. 특히 비 온 뒤의 촉촉함이 어우러진 황토색 길을 따라 혼자 산책하는 걸 유난히 좋아했다. 어느덧 일상이 되어버린 그 숲 속 길을 매일 걸으며 속히 회복되기를 간절한 마음으로 빌었다.

수술 후 대략 50일쯤 지난 무렵이지 싶다. 아무리 꼬집어도 아픔을 느끼지 못했던 오른쪽 팔의 신경들이 드디어 조금씩 되살아나고 있음을 감지했다. 순간 나도 모르게 환호를 질렀다. 하마터면 영영 치유되지 못할 뻔한 우울한 감정들이 어쩌면 임林으로 인해 정상적으로 회복되었다 해도 과언이 아닐 듯싶다.

그렇게 우면산 자락에 펼쳐져 있는 초록의 향기는 덤으로 사는 나의 삶에 마중물 같은 것이었다.

중독, 그 외로움

　역시, 이 맛이야! 전업 주부였던 나는 한동안 사우나에 빠졌었다. 몸을 말끔히 씻고 소금사우나방에 들어가 가만히 눈을 감고 마음을 비운다. 보통 여성들이 이용하는 사우나는 무리들끼리 둘러앉으면 금세 수다삼매경의 현장이 되곤 한다. 나는 비록 혼자일지라도 복잡한 생각을 정리하기엔 안성맞춤인 것 같아 자주 이용하는 편이다. 오로지 나에게 집중하는 사이 이마에서부터 땀이 송골송골 맺혀 가슴골을 타고 내려갈 때쯤이면 최고의 기분 상태가 된다. 그렇게 몇 번을 반복하다보면 왠지 내 속에 묵혀 있는 노폐물의 찌꺼기가 다 빠진 듯 개운함이 느껴지곤 한다. 그 맛에 이미 중독이 된 지 오래였다.

대상이 무엇이 되었든지 중독 수준이라면 다른 것에는 아예 무관심의 상태가 되고 자신의 완전한 자각이 없이는 쉽게 해결하지 못하는 것 같다. 그러던 어느 날, 사우나를 하던 중 결국 쓰러지고 말았다. 그날따라 유난히 몸에 기운이 없는 상태임에도 불구하고 고집스럽게 사우나를 향한 발걸음이 하마터면 황천길로 갈 뻔했다.

"아줌마, 정신 차리세요. 내 말 들리세요?"

"빨리 119에 신고해야 될 거 같아요."

사우나를 하고 있던 사람들이 알몸 상태인 나를 끌고 나와 물을 끼얹고, 얼굴을 때리면서 정신 차리라고 했던 말들이 어렴풋이 들렸다. 그런데 입이 벌려지지 않아 말을 할 수가 없었다. 사람이 숨을 거둘 때 청각 기능이 마지막까지 살아 있다는 사실을 우연찮게 확인하는 셈이었다. 결국 예상치 못한 끔찍한 경험을 하고서야 사우나 중독에서 조금 벗어날 수 있었다.

그렇게 사우나 중독이 치료가 된 듯했다. 그런데 그게 아니었음을 여행을 통해 알게 되었다. 어느 순간부터 국내든 해외든 온천을 할 수 있는 여행지만 찾아다니고 있었다. 어쩌면 주기적으로 찾아오는 우울한 감정을 잊고 싶어 습관적으로 물과의 만남을 은근히 즐기는 건 아니었는지. 물속에 전신을 담그고 있을 땐 번개만큼 빠른 전류가 심장을 관통하는 짜릿한 희열을 느끼며 순간순간 몽환적 상태에 빠지곤 한다. 그로 인해 상한 마음이 치유되는 듯한 만족감은 냉온탕의 물높이를 뛰어넘을 만큼 차오른다.

일본에서의 노천 온천은 내게 있어 천상의 낙원이 따로 없는 듯했다. 거추장스러운 더러운 것들을 벗고 세상에서 가장 편안한 상태로 누워 따듯한 온천물로 이불삼아 하늘을 바라보고 있노라면 금방이라도 천국에 오를 듯 평온해졌다. 때때로 처절한 고독과의 싸움에서 몸부림치던 나의 외로움의 흔적들도 모처럼의 평안을 누린 듯했다. 이제야 살맛나는 세상에 안주한 느낌이랄까. 이쯤이면 아무리 중독일지라도 혼자라는 쓸쓸함은 충분히 즐길 만했다.

나는 책임감이 강하여 중독에 가까울 만큼 주어진 일에 성실한 남편 덕분에 원하는 것은 다 가져본 것 같다. 명품백이며 수많은 나라를 자유롭게 여행하는 것까지. 말하자면 자기애가 유독 강한 남편은 자기만의 공간은 어떤 상황에서도 침범하지 말라는 신호에서 주는 일종의 보상심리 같은 것이었다. 나는 이미 그런 생활에 익숙한 듯 자연스럽게 받아들였다. 그래야만 또 하루를 무난하게 넘어갈 수 있었는지 모른다. 그런데 아이러니하게도 시간이 흐를수록 이미 채워진 줄 알았던 그 허전한 마음엔 여행으로도 명품백으로도 채워지지 않는 갈증이 고스란히 남아 있었다. 어쩌다 차가운 공백을 느끼는 순간엔 마음은 늘 허기졌고 전신이 아파왔다. 원하는 것을 다 소유했음에도 불구하고 어디에 있든지 누굴 만나든지 쓸쓸함은 끝이 없었다. 어쩌란 말인가.

그랬다. 어쩌면 중독이란 처절한 외로움의 끝자락 그 마지막 종착지가 아닐까라는 생각이 들었다. 어디 그뿐일까. 살다 보면 온전치 못한 상처로 인해 세상과 어우러지지 못한 나약함이 긍정적이든 부정적이든 그나마 버틸 수 있는 버팀목이 아니었을까. 그런 삶일지라도 누군가에겐 그저 살아 있다는 것만으로도 힘이 되었을 것만 같다. 가만히 생각해보면 인정받고 싶은 욕구 앞에서 누군가의 관심을 절실하게 기다리며 그와 더불어 소통하길 원했는데 무심코 외면당하진 않았는지 그 또한 모를 일이었다.

내가 아는 중독이란 것은 좌절의 아픔과 뭔가 채워지지 않는 텅 빈 마음을 견딜 수 없어 나도 모르는 사이 혼자만의 세계에 나를 밀어 넣고 억울한 비명으로 날마다 하소연 하는 것 같기도 하다. 행여 그 궁색한 표출의 신호에 민감하게 반응하지 못하면 결국 상대방을 이해하는 마음과 자신을 생각하는 힘은 점점 고립되어 가는 느낌마저 들곤 한다.

나의 외로움은 중독 그 이상이다. 끊임없이 나와 공존하며 살아야 하는 것, 그건 한겨울 추위에 살을 에는 듯한 아픔과 같은 공허함이다. 불현듯 올라오는 마음의 통증을 견디다 못해 꺼이꺼이 울어도 본다. 요샌 눈물샘까지 풍성하여 시도 때도 없이 제 역할에 충실한 것 같다. 다행인지 불행인지 그마저도 내성이 생겨 그렇게 또 살아가게 된다. 그냥 내 삶의 일부라 생각하며 아니 어쩌면 삶의 전부일지라도 있는 그대로 보듬고 가야하지 싶다.

어이할꼬

    가족이 함께 즐길 수 있는 스포츠 게임을 찾다가 내 기준에 가장 만만해 보이는 당구를 선택하여 지난여름, 엄청난 무더위 속에서도 당구장에 수시로 드나들었다. 큰 무리 없이 당구의 기본자세만 잘 배우면 금방 잘 할 수 있을 것 같았다. 하지만 하루 이틀 시간이 지날수록 자신감은 온데간데없이 사라지고 얼굴엔 미소가 사라졌다. 생각보다 어려웠다. 포기하고 싶은 마음에 여러 핑계거리를 찾곤 했다. 그런데 포기하자니 은근히 자존심이 상했다. 갈등을 하긴 했지만 결국 오기와 끈기로 버텨 보기로 했다.

    그렇게 한 달 정도 지날 무렵이었다. 가족모임이 있는 날엔 식사를 한 후 언제나 영화를 관람했었다. 그런데 이번에는 당당하게 당구치기를 제안했다. 나는 그동안의 실력을 인정받고 싶은 까닭에 약간 들떠 있었다. 나의 터무니없는 자신감을 보며 가족은 모두 기가 찬 듯한 표정이었지만 요청을 흔쾌히 수락해주었다. 잘 치지는 못해도 최소한 망신은 당하지 않을 것 같은 확신이 들어 자신만만했다.

나는 아들과 한편이고, 딸은 남편과 한편이었다. 우리 편이 먼저 시작했다.

"엄마, 그동안 배운 당구 실력을 멋지게 보여줘요. 파이팅!"

"좋아. 먼저 다리 기본자세와 왼손으로 브리지 자세를 잡고, 어깨의 힘을 빼고 치면 되는 거야. 어, 근데 왜 잘 안 맞지? 이게 아닌데."

"엄마, 당구 배운 거 맞아요? 팔꿈치가 너무 많이 흔들리잖아."

내 편이라 믿었던 아들의 말 한마디가 가슴에 비수처럼 꽂혔다. 그때부터 마음이 흔들리기 시작했고, 큐대는 매번 여지없이 빗나갔다. 어디 그 뿐일까, 빽사리가 나기 일쑤였다. 그런 큐대를 위아래로 꼼꼼히 살펴보며 초크칠만 열심히 하고 있는 얼굴엔 이미 웃음기가 사라졌다.

당구를 너무 우습게 봤던 나는 쥐구멍이라도 들어가고 싶었다. 이를 어이할꼬. 뻔히 눈에 보이는 현실인데도 부족한 실력을 인정하기 싫었다. 도저히 용납할 수 없는 자존심이 문제였다. 가족끼리 친목을 위한 게임인데도 꼭 이겨야만 하는 어떤 강박 같은 것이 스멀스멀 올라왔다. 그렇게 난 가끔 별거 아닌 일들로 인해 내 안에 또 다른 나의 완벽주의 성향에 부딪히곤 한다.

어쨌든 우리 팀의 완패였다. 3패라니. 아들한테 미안하고 내 자신에게는 은근히 화가 났다. 아무리 내색하지 않으려 해도 얼굴은 이미 발갛게 달아올랐다. 남편과 딸은 내 눈치를 보느라 맘껏 기뻐하지도 못한 것 같았다.

어색한 잠깐의 휴식을 취한 후, 나는 다른 제안을 했다. 이번에는 포켓볼 게임을 하자는 것. 어떻게 해서라도 땅에 떨어진 승부욕을 만회하고 싶었다. 포켓볼은 몇 년 전에 쳐 본 경험이 있었기에 그것만으로도 은근히 기대되었다.

그런데 이번에는 이길 것만 같은 설렘 때문이었을까, 손바닥은 아까보다 더 촉촉하게 젖어들었다. 하지만 안타깝게도 다 이긴 게임에서 번번이 마지막 8번 공을 먼저 넣지 못하여 실패의 연속이었다. '어쩌지, 이러다 또 완패하는 거 아냐?' 이미 구겨진 자존심을 회복시킬 기회마저 나를 피하는 것만 같아 불안했다.

다혈질의 성격을 가진 나는 살아 있는 모든 세포들을 집중시켜 최상의 컨디션을 만들었다. 하지만 머리부터 발끝까지 꼭 이겨야만 하는 강박에 사로잡혀 마음의 여유가 좀처럼 보이지 않았다. 사방이 가로막힌 듯한 답답함이 그제야 느껴졌다. 그랬다. 그걸 비워야 했다. 그런데 마음을 비운다는 것이 결코 쉽지 않았다. 될 듯하면서도 결정적인 순간엔 비운 줄 알았던 마음에 가득한 욕심이 다시 빠른 속도로 채워짐을 반복하고 있었다. 뾰족한 방법이 없었다. 그때 남편이 내 옆으로 바짝 다가와 말했다.

"입으로만 마음을 비운다고 비워지나? 눈빛은 아직 힘이 잔뜩 들어 있는 거 같은데."

"뭐예요? 난 이 정도면 충분히 다 비웠다고 생각하거든요."

"알았어. 그럼 다 비웠으면 이제 잘 칠 수 있겠네. 계속 해봐."

남편이 왠지 비웃는 거 같아 마음이 상해서 더이상 치고 싶지 않았다. 순식간에 모든 의욕이 사라졌고 시무룩한 표정을 감추지 못한 채 구경꾼으로 전락하고 말았다. 솔직히 그냥 당구장을 뛰쳐나가고 싶었다. 남편은 의기소침해 있는 내가 마음에 걸렸는지 눈치를 보며 큐대를 들고 살며시 내 앞으로 왔다. 말할 수 없이 얄미웠지만 가족의 평화를 위해 못이긴 척 다시 큐대를 잡았다.

남편은 분명 상대편인데도 내 차례가 되었을 때 친절하게 포즈를 잡아주며 각도 조절까지 해주었다. 그럼에도 불구하고 여전히 큐대는 빗나갔다. 무엇 때문일까. 어쩌면 남편에게 서운했던 감정이 아직 풀리지 않은 속이 좁은 탓인지도 모를 일이었다.

세상을 살아감에 있어 마음을 비워야 할 것들이 어디 이뿐이랴. 대학 졸업을 앞둔 아이들에 대해 기대하는 마음도, 검은 머리 파뿌리 될 때까지 사랑할 거라는 남편의 마음도, 건물주가 되고 싶은 마음도, 랜드로버 올 뉴 디스커버리를 사고 싶은 마음도 이쯤에서 놓아주어야 오히려 내가 편히 살 것만 같은 묘한 기류가 마치 주사 바늘을 통해 전신으로 퍼지는 듯 찌릿하게 파고 들었다.

그렇게 금방이라도 마음이 비워질 것만 같은 기세를 몰아 승패에 상관없이 마음껏 즐기자고 애서 분위기를 전환했다. 그러자 거짓말처럼 우리 팀이 계속하여 큐대를 잡고 있었다. 드디어 1승! 힘들게 얻은 값진 우승이었다. 생각할수록 속이 좁은 것 같아 부끄럽기도 했지만 그제야 호탕하게 웃을 만큼 편안했다. 덩달아 아들의 표정도 밝아졌다. 당구대의 뒷정리를 하며 모처럼 온 가족이 서로를 바라보며 활짝 웃는 모습은 꼭 해바라기 꽃밭에서 웃고 있는 것 같았다.

궁색한 변명 같지만 무엇이든 내가 소유하고 싶은 욕망 앞에서 마음을 비운다는 것이 참으로 어렵다는 것을 어리석게도 이제야 조금 알 듯싶다. 무엇보다 보이지 않는 자신과의 약속이기 때문에 더 힘든 것은 아니었는지 모를 일이다.

그로부터, 일 년쯤 지난 후 엊그제 가족모임이 있는 날, 식사를 마치고 아이들의 제안으로 이번에는 당구치기 대신 요즘 대세인 인형 뽑기를 하기로 했다. 이 또한 될 듯하면서도 번번이 안타깝게 떨어지는 것을 가만히 지켜보던 남편이 구원자로 나섰다. 비교적 차분한 성격의 소유자인 남편은 놀라운 집중력으로 단 세 번 만에 마침내 원하는 인형을 뽑아 딸에게 선물로 주었다. 딸 바보인 남편인지라 이해를 하면서도 내심 내게 줄 거라 기대했던 서운한 마음을 딸이 눈치 채지 못하도록 조심스럽게 다시 저 깊은 곳으로 들여보냈다.

그 밤, 쓸쓸함을 떨치고 싶은데 자꾸만 더 달라붙는다. 이를 어이할꼬.

바람 맞은 하루

나는 아주 가끔 공을 들여 화장을 하고 싶을 때가 있다. 마음이 울적하거나 고독이 몸의 신호를 통해 전해지는 날, 바로 그런 날이다.

어디든 가고 싶었다. 누구든 만나고 싶었다. 그런데 마침 친구와의 약속이 떠올랐다. 요사이 부쩍 올라오는 울적함을 단번에 해결할 수 있을 것 같아 괜스레 마음이 들떴다. 나는 평소보다 조금 더 정성껏 화장을 했으니 거기에 맞춰 좀 괜찮은 옷을 입고 싶었다. 그런데 옷장을 열어 몇 번을 뒤져봐도 입을 만한 옷이 없었다. 차라리 약속을 취소하고 싶을 만큼 침울했다. 차마 그동안 쌓아 온 인간관계를 깨고 싶진 않아 그나마 가장 멋스러워 보인 옷을 골라 예쁘게 차려 입고 좀 일찍 집을 나섰다.

약속 시간은 오후 6시. 카페에 들어서자 진한 커피 향과 어우러진 잔잔한 배경 음악이 마음에 와 닿았다. 나는 일부러 따로 시간을 확인하지 않은 채 먼저 도착했다. 시간적인 여유가 있었기에 차분하게 책을 읽으면서 기다렸다. 그런데 생각보다 많이 늦어지는 것 같아 먼저 진한 커피 한 잔을 주문하여 마셨다. 커피를 한 잔 더 리필해서 마셨는데도 친구는 오지 않았다.

아무런 연락도 없이 약속을 잊어버릴 사람이 아닌데. 혹시 무슨 일이 생긴 건 아닌지. 오는 길에 사고라도 난 건 아니었는지 불길한 예감이 스쳤다. 여러 상황을 유추하느라 내 머리에선 쥐가 날 지경이었다. 점점 불안해졌다. 슬슬 약이 올랐지만 절대 먼저 연락하지 않고 끝까지 기다릴 참이었다. 그래야 큰소리치며 따져 물을 수 있을 테니.

어느덧 시간은 두 시간을 훌쩍 지나고 있었다. 카페 안의 사람들도 몇 번씩 교체 된 것 같다. 마침내 나의 인내심은 한계에 이르렀다. 짜증이 나고 배도 고팠다. 그런데 이 상황을 어떻게 이해해야 할까. 시간이 흐를수록 미움과 분노가 하늘을 찌를 듯했다.

그렇게 내 마음은 뒤죽박죽 엉망인데 무심하게도 창밖엔 어둠이 빠른 속도로 짙게 내려앉았다. 지나가는 행인들도 뜸했다. 나는 주인의 눈치가 보여 긴 기다림을 접고 테이블 위에 늘어 놓았던 소지품을 주섬주섬 챙겨 카페를 나왔다.

시간이 흐를수록 왠지 무시를 당한 거 같아 이해는커녕 점점 더 화가 차올랐다. '어떤 상황에서도 다시는 그 친구를 만나지 않으리라' 마음속으로 몇 번이나 다짐했는지 모른다. 그렇게 그 친구와의 모든 관계가 끝났다고 내 마음에서 마침표를 찍기 직전이었다. 거짓말처럼 한 번도 울리지 않았던 전화벨이 그제서야 울렸다.

"미안해. 사실 어젯밤에 부부싸움을 좀 심각할 정도로 크게 했었거든."

"그랬구나. 알겠어."

짧은 통화가 끝났다. 그래서 약속이 있었던 것조차 까맣게 잊어버렸다고 했다. 어젯밤 차라리 세상과 이별하고 싶었다는 친구의 떨리는 목소리를 듣고 나는 더이상 아무것도 묻지 않았다. 그냥 모든 것이 허탈했다.

어쩌면 모처럼 폼 나게 차려 입은 나의 모습을 보여주지 못한 아쉬움이 더 컸던 것은 아니었는지 모를 일이었다. 그동안 서로를 너무 믿었던 것이 문제였다. 전날 약속시간을 확인만 했어도 이렇게 허무하게 바람 맞진 않았을 텐데. 어쨌든 하루를 통째로 도둑맞은 기분이었다.

마침표를 찍다

몇 년 전, 나는 갑상선 수술을 하기 위해 입원한 적이 있다. 겁이 많아 어느 때보다 마음이 불안했는데 아들이 먼저 간호를 해주겠다는 말에 얼마나 기뻤는지 모른다. 그도 그럴 것이 아들의 따듯한 위로의 말 한 마디만 들어도 금세 평안을 느끼곤 했다. 전신마취에 대한 두려운 마음도 아들이 옆에 있었기에 그나마 빠르게 안정되었다. 어쩌면 입원했던 그 기간이 내 인생에 있어서 가장 행복한 시간이 아니었나하는 생각에 잠깐 머문 적도 있다.

대학생이 된 아들은 어느 날, 여자 친구가 생겼다면서 싱글

벙글 웃음을 감추지 못한 채 연신 자랑을 했다. 표정을 보니 나름대로 마음에 드는 모양이었다. 나는 겉으론 잘했다 하면서도 속마음은 안절부절 중심을 잡지 못했다. 그만큼 아들이 미웠다. 당연히 수시로 연락을 하던 것도 뜸해졌다.

그뿐만이 아니었다. 때때로 여자 친구 이야기를 할 때 나의 안색이 변하여 표정이 굳어진 걸 보면서도 아들은 아랑곳하지 않았다. 오히려 더 당당하게 데이트를 즐겼다. 보란 듯이 귀가 시간이 점점 늦어지곤 했다. 속상했지만 뾰족한 방법이 없어 스스로 마음을 다스려야 했다. 순식간에 아들을 완전히 빼앗긴 것 같아 화가 머리끝까지 오르곤 했다.

아들은 당연하다는 듯 집에서 받은 용돈과 과외를 해서 받은 돈까지 제법 많은 돈을 몽땅 여자 친구를 위해 다 썼다. 사실 과외를 갈 때마다 바쁜 시간을 쪼개어 픽업해 줬는데도 불구하고 나에겐 그 흔한 양말 한 켤레 하나 사주지 않았다. 그런 아들과 여자 친구가 얄미워서 더 이상 용돈을 주고 싶지 않았다.

아들에게 행복한 시간들이 나에겐 지옥 같은 생활이었다. 매일의 삶이 우울하고 의욕도 없었다. 아들은 힘들어 하는 나에게 위로는커녕 오히려 대못을 박았다.

"엄마, 언제까지 저만 바라보고 사실 건가요?"

약간 짜증이 섞인 말투에 찬바람이 지나간 듯 가슴이 철렁했다. 당황스러웠다. 순간 모든 것이 무너지는 듯했다. 아들은 나의 지나친 애착이 부담스러웠다면서 거침없이 그리고 당돌하게 말했다.

사실 일 중심의 남편 때문에 아들에게 더욱 집착 아닌 집착을 했는지도 모른다. 가족 행사를 빼곤 거의 일주일 내내 남편과 대화할 시간이 없었다. 남편은 자녀의 교육 문제에도 거의 신경을 쓰지 못했다. 그런 남편이 때론 원망스럽기도 했다. 남편과의 대화가 거의 단절되었기에 아들과 점점 더 많은 대화를 나눌 수밖에 없었다. 그렇기에 굳이 말하지 않아도 어떤 면에서는 남편보다 아들에게 더 많이 의지했던 것 같다. 그런 삶이 지속될수록 아들이 감당해야 할 부담이 커질 수밖에 없다는 생각을 미처 하지 못했다. 아들이 그동안 알게 모르게 많이 힘들었을 거란 생각이 들자 마음이 짠했다.

그런데 얼마 후 아들은 여자 친구와 헤어졌다고 했다. 어떠한 이유로 헤어졌든지 이별의 순간은 누구나 아픈 법이다. 아들의 굳어진 표정 속엔 여러가지 감정이 묻어 있었다. 나는 그런 아들의 아픔을 위로하기보단 어쩌면 이별을 기다렸다는 듯이 자연스럽게 흘러나오는 가벼운 미소를 들키고 말았다. 어디 그 뿐일까, 아들에게 미안한 마음은 잠깐이었고 아들과의 관계가 다시 예전처럼 회복될 것 같은 생각만으로 괜스레 기대가 컸다. 그리곤 한층 상기된 목소리로 아직 귀가 전인 아들에게 전화를 했다.

"아들, 지금 어디야?"

"아, 완전 짜증나. 전화 좀 그만 하시고 제발 엄마도 이젠 엄마의 인생을 사세요."

전화는 거칠게 뚝 끊어졌다. 아들의 행동은 나의 예상을 단번에 뒤집고 말았다. 더이상 엄마인 내가 받을 상처 따윈 중요하지 않은 듯했다. 그렇게 아들은 정색을 하며 짧고 강하게 거의 폭발적으로 퍼부었다. 예상치 못한 아들의 충격적인 말을 들은 후 그날따라 유난히 심하게 벌렁거린 심장은 차분해질 기미가 보이지 않았다. 믿었던 아들이 대놓고 밀어내는 것 같아서 배신감은 이루 말할 수 없고 서운함도 컸다. 그야말로 청천벽력이 따로 없었다.

결국 최악의 상황까지 와버렸는데 이를 어쩌겠나 싶었다. 뭔가를 해결해야만 할 것 같았다. 나는 울분이 가득 찬 마음을 최대한 가라앉히고 곰곰이 아들의 입장에서 생각해보았다. 점차 안정을 찾고 보니 충분히 이해가 되었다. 그랬다. 아들은 성인과 다름없는 대학생인데 엄마의 지나친 관심과 애착이 당연히 구속 아닌 구속이 되어 자유롭지 못하였으리. 이는 나의 욕심이 불러온 결과였다. 정말로 미안했다.

나는 평정심을 가지려고 애를 썼다. 물론 단번에 마음을 바꾸기가 쉽지 않다는 것은 미루어 짐작되었다. 그럼에도 난 아들의 말을 기꺼이 수용하기로 했다. 나의 인생을 위해. 그리고 아들의 삶을 위해.

그랬다. 이제는 더 늦기 전에 아들바라기를 내려놓아야 한다고 스스로에게 다짐, 또 다짐하곤 했다. 이렇게라도 더이상 머뭇거리지 않고 단호하게 마음의 결정을 하고 나니 한결 편안해졌다. 나는 오롯이 아들에게 향했던 시간들을 분산하기로 했다. 가장 우선순위로 비록 늦은 나이이긴 하지만 평소에 관심이 많았던 상담 공부를 하기 위해 대학원에 진학했다.

아들에게서 벗어나려고 안간힘을 쓰고 있는 나, 그 쓸쓸함과 싸우고 있는 나를 보며 남편은 당당하게 한마디 했다.

"거봐, 아들한테 아무리 잘해줘도 소용없어. 내가 좀 바빠도 당신 챙겨줄 사람은 오직 나 밖에 없어. 그러니 나한테 잘하는 게 좋을걸?"

그랬다. 내가 사는 길은 내 맘 같지 않은 아들보다 아직 나를 더 사랑한다는 남편 곁에 꼭 붙어 있는 거였다. 그렇게 얄팍한 나의 어리석은 아들바라기는 이쯤에서 허무하게 마침표를 찍었다.

멍울

"여보, 그동안 아이들 뒷바라지하느라 고생 많았어. 이제부터 당신 하고 싶은 거 하면서 더 즐겁게 살아."

"정말? 그렇다면 자기 마음 변하기 전에 바로 시작해야겠는걸."

"마음 변하지 않을 테니 걱정 말고 진짜 꼭 하고 싶은 것이 있는지 천천히 생각해 봐. 건강할 때 삶을 누려야 할 것 같아서 특별히 수고한 당신에게 기회를 주는 거야. 시간과 경제적인 것까지 아낌없이 지원해 줄게."

아들 고등학교 졸업식에 다녀온 며칠 후, 남편과 나는 오랜만에 드라이브하던 중 대부해솔길을 걸으며 많은 이야기를 나넜다. 남편의 적극적인 지지를 받은 건 아마도 아이들의 교육 문제를 남부럽지 않게 시켰다는 의미일지도 몰랐다. 그 당시 아들과 딸, 둘 다 외고에 입학시켰으니 평소에 내색은 잘 하지 않았지만 나름대로 뿌듯했던 것 같다. 딸은 G외고 1, 아들은 S 대 경영학과 4년 장학생으로 입학을 앞두고 있었다. 어찌되었 건 처음으로 남편한테 인정받은 자부심은 하늘 높은 줄 모르 고 올라갔다.

따스한 햇살과 마주 앉아 커피 한 잔을 진하게 내려 마시며 더 늦기 전에 나의 버킷 리스트를 작성하기 시작했다. 대학원 진학, 세계 50개 나라 구석구석 여행하기, 가족봉사단 결성하 기, 매월 1회 이상 연극이나 뮤지컬 관람하기, 그리고 혼자 배 낭여행 하기 등등. '맙소사!' 적다 보니 크고 작은 것들을 포함 하여 거의 백 가지가 넘어가고 있었다. 하고 싶은 것들과 보 고 싶은 것들이 이렇게 많은 줄 예전엔 미처 알지 못했다. 사 실 결혼 후 줄곧 아이들 위주로 전업주부의 삶을 살았으니 어 쩌면 당연한 결과일 수 있다는 생각이 들었다. 이제라도 오롯 이 나를 위한 시간을 갖는다는 것만으로도 이미 성공한 인생 인 듯 우쭐해졌다.

덩굴장미가 유난히 예뻤던 6월 어느 날, 첫 번째 버킷 리스트를 실행하고 있는 중이었다. 늦은 나이에 문을 두드린 대학원 공부는 결코 만만하지 않았다. 체력과 집중력의 한계를 넘나들며 그럼에도 불구하고 간신히 버텨내며 열심이었다. 그렇게 한 학기가 끝나갈 무렵이었다. 나는 평상시 하던 대로 아침 샤워를 하고 난 후 몸 전체를 마사지하듯 어루만졌다. 얼굴부터 목선, 그리고 가슴으로 내려오는데 손끝에 묵직한 것이 만져졌다.

'어머나, 이게 뭐지?' 왼쪽 가슴에 육안으로 보기에도 오백원짜리 동전보다 훨씬 크고 단단한 멍울이었다. 눈앞이 깜깜하여 그야말로 마른하늘에 날벼락이 따로 없는 듯했다. 심장이 벌렁거리며 손발이 떨려 옷을 제대로 입지 못할 지경이었다. 급한 마음에 옷을 대충 걸치고 최대한 마음을 진정시키며 S병원에 전화를 걸었다. 온몸이 파르르 떨리고 목소리의 떨림도 심하여 발음이 정확하지 않았다.

"거기 S병원이죠? 저 왼쪽 가슴에 엄청 크고 단단한 혹이 만져지는데요, 누르면 많이 아파요. 아무래도 암인 거 같아요. 빨리 치료를 해야 할 거 같은데 바로 예약되나요?"

"그러시군요. 다른 병원에서 소견서 받으셨나요? 없으면 받아오세요. 그리고 바로 예약은 안 되고, 제일 빠른 예약은 20

일 후쯤 가능합니다."

"뭐라고요? 저는 한시가 급한데 어떻게 20일을 기다리라는 건지 알 수가 없네요. 일단 그렇게라도 예약해주세요."

약간 퉁명스럽게 쏘아붙인 까닭에 기분이 언짢은 상태로 전화를 끊었다. 호사다마라더니 지금 내가 딱 그 상황이었다. 누구의 아내가 아니고 누구의 엄마도 아닌 오직 나를 위한 인생 설계를 멋지게 그려가고 있는데 암이라니, 그야말로 청천벽력이었다. 몸의 심각한 상태는 나아질 기미가 보이지 않았다. 멍울은 오히려 더 단단해진 느낌마저 들었다.

세상의 모든 질병을 혼자 짊어진 듯 엄청난 무거움이 심장을 압박하여 곧 터질 것만 같았다. 아직 해야 할 일은 산더미처럼 높고 많은데 어디서부터 어떻게 정리를 해야 할지 그저 막막하기만 했다. 아들이 결혼하여 알콩달콩 행복하게 잘 살아가는 모습을 봐야 하고, 세상에서 가장 아름다운 순간에 우아하게 빛날 예쁜 드레스를 입은 딸의 모습도 봐야 하는데, 뿐만 아니라 손자손녀들의 재롱잔치에 참석하여 멋진 할머니로 인정받고 싶은 욕망도 있는데 어쩌란 말인가. 나름대로 성실하게 잘 살아왔다고 자부하는데 하늘은 어쩌자고 이렇게 감당하기 버거운 가혹한 형벌을 나에게 주시는 것인지 생각할수록 마음이 착잡했다.

예약 날이 다가올수록 긴장되고 초조한 마음은 쉬 가라앉질 않았다. 마침내 그날, 두려움과 떨림으로 팽창된 심장을 최대한 이완시킨 후 진료실 안으로 들어갔다.

"선생님, 저 진짜 암인가요? 아직 해야 할 일이 많은데 제발 저 좀 살려주세요."

"어디 보자, 그런데 발견할 당시랑 크기는 그대로인 것 같은데, 여러 가지 검사 결과 다행히 암은 아니고 물혹입니다. 물혹은 몸속에 잠재되어 있다가 갑자기 심한 스트레스를 받으면 점점 커지기도 하고 자연스럽게 사라지기도 해요. 그러니 너무 걱정하지 말고 기다려 봅시다. 그리고 최소한 2년 정도는 정기검사 잘 받으면서 지켜보도록 합시다."

"선생님, 정말 정말 감사합니다. 검사 잘 받을게요."

나는 굳어진 얼굴에 보랏빛 미소를 띠며 머리가 땅에 닿을 정도로 꾸벅꾸벅 인사를 하고 진료실 밖으로 나왔다. 십년감수했다.

그날로부터 2년이 훨씬 지난 지금, 첫 번째 버킷 리스트를 통해 전문상담사가 되었다. 하마터면 죽을 뻔한 삶에서 덤으로 사는 삶을 선물 받았으니 버킷 리스트 하나를 더 추가하고 싶다.

힘든 세상을 살다 보면 내 멍울처럼 육안으로 보이지 않아도 알게 모르게 받은 상처들로 인해 우리의 내면 깊은 곳에 단단하게 자리 잡은 보이지 않는 멍울들을 마음으로 쓰다듬어 주는 그 일을 내가 사는 날 동안 하고 싶단 생각에 종종 잠기곤 한다.

보이지 않는 벽

〈친정 엄마와 2박3일〉이란 연극을 보면서 언젠가 나도 엄마 랑 둘이 떠나는 여행을 해보고 싶었다. 하지만 분주한 일상 가운데 살다 보니 그 마음은 이미 물 건너갔고 기억마저 희미해졌다. 그렇게 또 몇 년이 훌쩍 지나고 있는 시월의 어느 날, 엄마의 생신 기념으로 여행을 선물하면 좋을 것 같다는 생각이 번쩍 들었다. 며칠 동안 남편을 설득하여 어렵게 허락을 받았던 터라 곧바로 엄마에게 전화를 해서 단수 여권을 만드시라고 했다. 전화기 너머로 들려오는 엄마의 큰 웃음소리가 무엇을 뜻하는지 금방 알 것 같았다. 마음은 가고 싶은데 괜히 여러 사람에게 민폐 될까 봐 안 간다고 하시면서도 계속 이것저것을 물으셨다. 전화를 끊고 특별히 주어진 기회를 놓치지 않기 위해 북경 가는 것으로 예약을 했다.

엄마는 많이 걸어야 하는 중국 여행임을 알아채시고 평상시보다 더 열심히 체력관리를 하신다고 했다. 그 소리를 듣고 안심을 하면서도 한편으론 죄송한 마음이 들었다. 괜스레 나에게 짐이 되고 싶지 않다는 생각이 암묵적으로 전달돼 온 것 같아 씁쓸했다.

패키지 여행이긴 하지만 엄마와 단둘이 여행하는 것 자체가 처음이었다. 그것도 한국이 아닌 외국에서 말이다. 엄마라서 편할 것 같았는데 생각과 다르게 어색한 기류의 흐름이 조금 낯설었다. 북경에서의 첫날밤은 여행 피로가 아직 남아 있는 듯했지만 엄마의 표정은 그런대로 편안해 보였다. 그 틈 사이로 엄마와 짧은 대화를 통해 따뜻한 분위기를 느끼곤 했다.

"시월이라 그런지 북경의 하늘이 의외로 맑고 깨끗해서 좋더라. 그리고 아무것도 해준 것 없는 나를 위해 두 번이나 해외여행을 보내줘서 고맙다."

"별말씀을요. 달랑 두 번인데요."

"원래 딸들은 어렸을 때부터 고생하면 시집가서도 고생한다는 말이 있거든. 그래서 너만은 편하게 살라고 일도 시키지 않았는데 다행히 너는 고생을 안 하고 잘 사는 것 같아 마음이 놓인다. 덕분에 여행도 왔으니 더이상 바랄 게 없다."

"그래도 엄마가 잘 키워줘서 그런 거지. 결혼하고 나서야 엄마의 깊은 속마음을 조금 알겠더라고요. 근데 나도 내 딸한 테는 별로 일 안 시키는데 나처럼 기본 살림은 하니까 괜찮겠지?"

"걱정마라. 너 닮아서 야무지게 잘할 거야."

둘째 날이었다. 맛있는 저녁 식사를 기대하며 식당 종업원의 안내를 받아 중국식 원탁 테이블에 자리를 잡고 앉았다. 여러 가지 음식들이 테이블에 채워지고 마침내 식사가 시작되었다. 그 중에 내가 좋아하는 북경오리가 있었다. 그런데 엄마는 빙글빙글 돌아가는 원탁 테이블에서 식사를 하는 것이 처음이라 약간 어색해 하셨다. 그럼에도 불구하고 엄마 앞에 멈춰선 테이블 위에 있는 오리고기를 다른 사람 생각은 전혀 하지 않고 오로지 나를 위해 다 갖다 주곤 하셨다. 순간 고마움보다 상대방을 배려하지 않는 이기적인 엄마의 손길이 너무 부끄러워 얼굴이 화끈거렸다. 그때부터 나는 옆 사람들 눈치 보느라 식사를 하는 둥 마는 둥 빨리 나가고 싶었다. 숙소에 들어오자마자 창피했던 내 체면이 회복될 때까지 화를 내고 말았다. 엄마 어이없는 상황이 괘씸할 법도 한데 그 모든 불쾌한 감정을 애써 누르시며 끝까지 참으셨다.

간혹 버스를 탈 때도 엄마만 서둘러 올라가셔서 앞자리에 자리를 잡고 나를 재촉하여 부르시곤 했다. 나는 뒤에 앉는 것이 편하고 좋은데 행여 엄마의 기분이 상하실까 봐 거절하지 못하고 앞자리에 앉는 순간부터 내 마음은 늦가을 하늘 공원의 갈대만큼이나 요란하게 흔들거리곤 했다.

엄마는 왜 하필이면 내가 제일 싫어하는 방식으로 사랑을 표현하는 걸까. 어쩌면 많이 배우지도 경험하지도 못하셨기에 그것만이 유일한 방법일 수 있다는 생각을 하면서도 인정하고 싶지 않았다. 그랬다. 내 안에선 촌스럽고 시골냄새 나는 무식한 엄마보다 고상하고 세련된 엄마의 모습을 더 원했는지도 모른다. 그게 더 솔직한 나일지도 몰랐다. 사실 하나에서부터 열까지 내가 다 해줘야만 하는 수동적인 엄마보다 때론 엄마가 먼저 리드해 주기를 바라는 마음이 무의식 속에 있었던 같다. 하지만 기대는 이미 무너졌고 숱한 세월 속에서 엄마에게 맞춰주며 산다는 핑계로 알게 모르게 엄마를 무시했던 날이 참 많았었다. 그렇게 한없이 못난 딸임을 알면서도 한 번도 서운했던 마음을 내색하지 않고 변함없이 나에게 다정다감하셨던 엄마였다. 참 어리석게도 나는 그게 당연한 줄 알았다.

그런데 언제부턴가 엄마와의 사이에 보이지 않는 벽이 생기고 있다는 것을 어렴풋이 느꼈었다. 그럴 때마다 시시때때로 이어지는 짜증의 빈도는 늘어나고 참으로 알 수 없는 묘한 심리가 나를 공격하는 것 같았다. 특별한 이유 없이 거리감이 느껴지며 온전치 못한 내 감정 때문에 도저히 이해할 수 없을 정도로 혼란스러운 날이 많아 속상했다.

얼마 전, 나는 딸과 둘이 여행을 다녀온 적이 있다. 함께 있는 동안 언뜻언뜻 나도 모르게 엄마한테 서운하게 했던 언행들을, 딸을 통해 그대로 받은 것 같아 기분이 매우 언짢았다.

말하자면 나는 사진 찍는 걸 좋아하는데 딸은 그걸 귀찮아했다. 눈치를 보며 힘들게 부탁하면 마지못해 한 번씩 찍어주곤 했다.

"딸! 여기 괜찮은데 사진 하나만 찍어 줘. 진짜 마지막이야."

"엄마, 설마 사진 찍어 달라고 나랑 같이 여행 온 거야? 나는 사진보다 여행지 곳곳을 내 눈과 마음에 온전하게 저장하고 싫거든요. 엄마랑 다신 여행 안 갈 거야."

"참나. 됐다 됐어. 안 찍고 말지 더이상 찍어 달라 안 할 테
니 편하게 구경해."

"나도 좀 자유롭고 싶어서 여행 왔는데 사진만 찍어 달라고
하니까 짜증난 거지. 그리고 어딜 가든지 무조건 사진만 찍는
아줌마들, 내가 그렇게 싫다고 말했는데 왜 엄마도 똑같이 하
는지 모르겠어."

짜증이 잔뜩 배인 딸의 목소리가 상당히 거슬렸다. 불쾌한
감정으로 이미 뒤범벅이 된 성의 없는 딸과의 대화 속에서 뭔
가 번쩍하고 지나가는 것이 있었다. 그때서야 엄마의 그 심정
을, 딸인 나에게 무시당했던 그 느낌을 알 수 있을 것 같았다.
엄만 어떤 상황에서도 묵묵히 참고 기다려 주셨지만 나는 나
를 무시하는 딸의 행동이 괘씸하여 생각할 틈도 없이 버럭 화
를 내곤 했었다. 자존심도 상했다. 적어도 난 엄마와의 관계보
다 딸과의 소통이 잘 되고 있다고 나름 자부심을 가지고 있었
던 터라 서운함이 컸던 것 같다. 그로 그럴 것이 괜한 억울함
이 들자 한동안 마음의 중심을 잡지 못했다. 부끄럽게도 나 또
한 내 딸한테는 결국 세련되지 못한 엄마인 듯했다.

어쩌면 세상에서 가장 편안하면서도 가장 만만해 보이는 게

모녀 사이가 아닐까 싶다. 살다 살다 내가 힘들고 지칠 때 가장 먼저 위로 받고 싶은 사람이 엄마인 걸 보면 분명 엄마는 영순위인데 그럼에도 보일 듯 말 듯 모녀 사이에 가려진 벽의 존재는 무엇이란 말인가. 아이러니하게도 내 딸과의 사이엔 그 벽이 완전히 허물어지길 바라는 마음이 극히 이기적인 발상이라 할지라도 그랬으면 좋겠다는 생각이 들곤 한다.

엄마는 만리장성을 올라갈 때나 천안문 광장에서 자금성에 이르기까지 많이 힘드셨을 텐데 그럼에도 불구하고 힘들다는 표현을 한 번도 안 하셨다. 일정 내내 행복한 웃음만 담으시려는 모습 속엔 참 못된 딸이 들어 있는 것 같아 마음이 아팠다. 어쩌면 엄마의 힘듦보다도 나의 체면을 더 세워주고 싶은 건 아니셨는지 생각할수록 나를 숙연하게 했다.

일흔네 번째 생신을 북경에서 맞이한 엄마는 선물과 고깔모자를 챙기시며 벌써부터 내년 생신을 기다리는 듯했다. 그 여운을 다시 크게 울리게 하는 먼 여행을 자주 설계해 본다.

그녀들

코스모스가 활짝 피어 있는 가을 길을 홀로 걷고 있던 어느 날, 친구로부터 한 통의 전화를 받았다.

"별일 없지? 아무 때나 베트남 한 번 놀러 와. 내가 안내해 줄게."

"정말? 그렇다면 당장 친구들 소집해서 자유여행으로 가도 록 할게."

남편이 베트남으로 해외 근무를 가게 되어 함께 따라갔던 순이가 많이 외로워 보였다. 나는 곧바로 친구들과 의기투합 해서 모임을 만들어 여행도 하고 위로도 해주고 싶었다. 내친 김에 친구들에게 전체 공지를 했다. 나를 포함하여 네 명의 친구들이 의견을 보내왔다. 그녀들(정, 옥, 임)은 그렇게 시작된 나의 여행 멤버들이다. 세상에 둘도 없는 서로를 위한 안성맞춤의 기쁨조들이라고 감히 말하고 싶을 정도로 편안했다. 때때로 그녀들과 수다를 떨다 보면 모든 스트레스가 절로 해소되곤 했다.

그렇게 2년에 한 번씩 해외여행을 가기로 결정을 한 후, 첫 번째 여행지가 베트남이었다. 그해 겨울, 출발하는 날은 유난히 추웠다. 저 멀리 남쪽 끝자락에서 태어난 그녀들이 첫 해외여행으로 합류한 탓이었을까. 인천공항 출국장은 평소보다 많은 여행객들로 붐볐던 것 같다. 설렘을 한가득 담은 여행 가방을 끌고 공항 패션으로 폼 나게 차려 입고 나타난 그녀들을 한 명 한 명 마주하는 순간 웃음보가 터지고 말았다. 그냥 특별한 이유 없이 볼수록 웃겼다. 그 와중에도 그녀들의 들떠 있는 표정들 사이로 언뜻언뜻 긴장된 모습이 보여지곤 했다. 그럴 때마다 나의 책임감은 더 무겁게 다가왔다.

출국 수속을 무사히 마치고 드디어 면세점 구경에 나선 그녀들의 눈빛이 반짝거렸다. 첫 해외여행 기념으로 특별 보너스를 많이 받았다면서 행복한 비명을 지르며 선물을 사기 위해 부지런히 움직였다. 여행에 관한 모든 것을 내게 맡겼으니 자유로움 속에서 무엇을 살까 고민하는 흔적들이 솔직히 부러웠다. 자유여행을 인솔하면서 겉으론 자신 있는 척했으나 나의 머릿속은 시간이 흐를수록 예민해졌고 마음이 불안하여 비행기 안에서도 편히 쉬질 못했다. 마침내 마중 나온 친구를 발견하고 나서야 비로소 안정을 찾은 듯 얼굴에 웃음기가 번졌다.

공항에서 택시를 타자마자 호텔로 갈 거라는 생각에 힘이 났다. 빨리 가서 뽀송뽀송한 이불이 덮여 있는 새하얀 침대 위에 벌러덩 눕고 싶었다. 덕분에 긴장이 잔뜩 배여 있던 무거운 어깨도 한시름 놓을 수 있을 것 같았다. 알게 모르게 누적된 여행 피로도 오성급 호텔에서의 쉼만으로 완벽하게 해결되리라 믿었다. 그런데, 그런데 말이다. 이런저런 생각을 하는 사이 택시는 호텔이 아닌 약간 허름한 동네로 진입하고 있었다. 뭔가 불길했다. 나의 쉼의 상상은 현실에서 점점 멀어졌고 그마저도 어느 순간 쥐도 새도 모르게 공중에서 흩어져 버렸다. 생각들이 갈팡질팡 헤매는 사이 도착한 곳은 순이네 집이었다. 사실 내색은 안 했지만 조금 난감했다.

네 명의 여자들이 마치 합숙훈련(?)하는 장소 같기도 했다. 하지만 어쩌랴. 5일간의 일정 내내 우리가 사용해야 할 숙소

이기에 한 시간이라도 빨리 적응하는 게 나을 것 같았다. 이왕 이렇게 되었으니 학창시절에 제대로 누리지 못했던 졸업여행이라 생각하고 마음껏 즐기기로 했다. 친구들끼리 외국에서 그 또한 새로운 경험이 아니던가. 첫날 밤 육신은 피곤하였지만 한 이불 속에 다 같이 드러누워 과거로 시간여행을 하느라 잠을 제대로 자지 못했다. 그야말로 과거로 순간 이동하여 딱 그 시절, 그 수준으로 돌아간 듯한 모습들이 한없이 평화로웠다.

다음날 순이의 안내를 받아 피로도 풀 겸 전신 마사지를 받기로 했다. 남자 마사지사라는 말에 솔깃하여 은근히 기대되었다. 나는 그동안 여행을 꽤 많이 다녔는데도 한 번도 남자 마사지사한테 마사지를 받아본 적이 없었다. 그래서일까, 긴장되면서도 다들 기대하는 눈빛이 예사롭지 않았다. 남편들에게는 절대 비밀, 서로 말하지 않기로 약속하고 용기를 내어 마음을 모았다. 우린 단체로 들어가는 방에 순서대로 침대에 누웠다. 심호흡을 크게 하며 최대한 마음을 안정시키고 있는데 느닷없이 한 친구가 말했다.

"얘들아, 난 떨려서 도저히 남자 마사지사한테 못 받겠어. 그냥 여자 마사지사로 할래."

"나도. 마사지 받다가 왠지 두근거린 심장소리를 들켜버릴 것만 같아."

"하여튼 촌스럽기는. 아무렇지 않아. 이럴 때 한 번 받아 봐야지 언제 받아보니? 진짜 잘하거든."

"순이 말대로 우리 다 같이 받아 보자. 혼자는 부끄러워서 절대 못 받을 거 같아."

"아무리 그래도 난 아직 마음의 준비가 안 되었나 봐. 그냥 저기…."

갈팡질팡 의견이 분분하여 결국 그 묵직한 손끝의 기대는 물거품 되었고 모두 여자 마사지사로 체인지 되었다. 아닌 척해도 나를 포함하여 몇 사람은 아쉬운 기색이 역력했다.

어느덧 우린 마치 현지인이라도 되는 양 하루의 일정을 마치고 저녁엔 마트에 들러 먹거리를 사는 게 자연스러웠다. 마지막 날 밤이었다. 작은 파티를 하기 위해 준비한 간단한 음식들을 식탁에 펼쳐 놓았다. 아쉬움의 향기를 풍기며 타오르는 촛불 하나에 시선은 고정되었고 와인 한 잔을 곁들이니 로맨틱한 분위기가 연출되었다.

한 친구가 먼저 학창시절을 떠올리며 추억담을 꺼냈다. 그당시 따돌림 당했던 순간을 비교적 담담하게 이야기했지만 목소리에선 간간이 떨림이 묻어나곤 했다. 학교를 졸업한 지 수십년이 훌쩍 지났는데도 아직 생생하게 기억이 난 모양이었다. 순간 정적이 흘렀다. 모두가 죄인인 것 같아 미안했다. 용기 내어 말해준 그녀에게 손을 내밀어 화해를 하고 심심한 위로를 하는 사이 파티장의 분위기는 점점 달아올랐다. 뿐만 아니라 누군가 어렴풋이 기억이 날 듯 말 듯한 학창시절의 에피소드를 꺼내 올 땐 서로 나이 들어감을 격하게 공감하며 맞장구를 치곤했다. 우린 그렇게 밤이 깊은 줄도 모르고 박장대소하며 마치 고향에서 만난 것처럼 떠들어댔다. 그 통쾌한 웃음소리는 어떤 보약보다 더 큰 에너지원이 될 게 분명했다. 비록 호텔에서의 편안함과 안락함은 누리지 못했지만 꾸밈없는 그녀들과 함께 한 공간 안에 머무름만으로도 오감이 만족스러웠다.

난 여행을 참 좋아한다. 국내든 국외든 매번 여행을 할 때마다 여행 멤버가 참으로 중요하다는 것을 많이 느끼곤 한다. 그녀들은 어쩌면 가족보다 더 재미난 구성원들이라 해도 과언이 아닐 듯싶다.

나만 믿고 따라온 그녀들을 안전하게 귀국시켜야 하는 마지막 관문이 남아 있었다. 하노이 노이바이 국제공항에서 출국 수속을 밟고 탑승 게이트 위치를 확인한 후, 우린 여유롭게 커피 한 잔을 마셨다. 거의 보딩 시간에 맞춰 탑승 게이트 앞으로 갔다. 그런데 기다리는 사람은 없고 계속 안내방송이 흘러나왔다. 그녀들과 수다 삼매경에 빠져 그냥 무시했다. 그래도 뭔가 찜찜하여 귀를 쫑긋 세우고 다시 집중해서 들어보았다. 제기랄, 우리가 탑승해야 할 게이트가 변경되었다는 것이다. 가슴이 철렁했다.

"얘들아, 여기 아니래. 빨리 뛰어. 비행기 곧 출발이래."

"너만 믿고 왔는데 하마터면 짐만 한국으로 돌아가고 우린 국제 미아 될 뻔했잖아."

헐레벌떡 가쁜 숨을 몰아쉬고 가까스로 비행기에 탑승했다.

4시간이 훌쩍 지나 익숙한 그곳, 서울의 바람은 여전히 매서웠다. 여행을 마치고 일상으로 흩어지기 직전 마치 합창이라도 하듯 큰소리로 말했다.

"우리, 2년 후엔 어디로 갈까?"

해운대의 아침

새벽 두시였다. 고요한 쉼의 시간에 빠져 있는데 느닷없이 짐을 챙기라는 남편의 명령이 떨어졌다. 이유인즉슨 겨울바다가 보고 싶다는 딸의 말 한마디에 비상금도 없이 달랑 카드 한 장 들고 부랴부랴 집을 나서게 된 것이다.

그런데 주차장에서 문제가 생기고 말았다. 하필이면 그날, 남편은 회식으로 인해 운전을 하지 못할 상황이었다. 설마 음주운전을 강행할 목적으로 가족을 태운 것은 아니겠지라는 생각을 하면서 뭔가 불안했다. 어처구니없게도 남편은 대뜸 조수석에 앉아버렸다. 결국 운전은 내 몫이었다. 그 당시 운전면허를 취득한 지 딱 보름 정도 지날 무렵이었다. 머릿속이 하얬다.

말하자면 깜깜한 그 밤, 남편은 나에게 담력을 키워야 한다며 고속도로에서 운전연수를 시켜주겠다는 거였다. 가는 길에 바다도 보고 운전 연습도 되니 일석이조 아니겠냐며 당당하게 몰아붙였다. 나는 기가 막혀 할 말을 잃었다. 뒷좌석에 앉은 아이들이 엄마의 초보운전 실력을 믿을 수 없어 불안하다면서 다음에 가자고 했는데도 불구하고 남편은 막무가내였다. 어쨌거나 더이상 타협의 의지는 보이지 않았다. 일방적으로 조수석에 앉은 남편은 그때부터 하나하나 간섭하기 시작했다.

어쩔 수 없이 두렵고 긴장된 마음까지 안전벨트로 단단하게 무장을 한 뒤 드디어 출발했다. 두 손으로 운전대를 꽉 붙잡은 채 주행 중에 있는 나에게 남편이 말했다.

"어차피 나중에 운전은 한 손으로 할 수 있어야 하니까 지금부터 연습해 봐."

"안 돼. 난 지금 앞만 보고 가는 것도 무서워 죽겠는데 무슨 소리야. 더이상 말시키지 마. 심장 떨려 진짜 죽을 거 같단 말이야."

가까스로 고속도로에 진입하는 데 성공했지만 이미 내 손엔 땀으로 범벅이 되어 있었다. 운전대에서 잠시도 손을 뗄 수 없으니 닦을 수도 없었다. 참으로 난감했다.

그렇게 한 시간쯤 지났을까, 아이들은 이제야 불안에서 조금 벗어난 듯 휴게소에 들러 먹거리를 사자고 했다. 마침 나도 화장실도 갈 겸 좋다고 했다. 그때 2차로에서 주행 중인 나는 휴게소 진입을 위해 끝 차로로 차로 변경을 해야 했다. 아뿔싸! 차로 변경을 제때 하지 못하여 결국 휴게소를 지나치고 말았다. 잔뜩 긴장한 탓에 네비게이션의 안내를 볼 수 없었고, 당연히 음성도 들리지 않았다. 아이들의 원망소리를 들으니 당황하여 어쩔 줄 몰랐다. 계속 직진밖에 할 수 없었던 나는 남은 시간들을 어떻게 가야 하나 더욱 막막했다. 다리는 점점 경직되었고 잠잠하던 불안은 다시 나를 집어삼킬 태세인지 나의 시야에서 떠나지 않았다. 그야말로 힘든 고난의 시간이었다. 그렇게 어둠의 시간이 흘러가는 틈 사이로 괜스레 남편이 원망스러웠다. 어쩌자고 나에게 이런 고통을 떠맡기는지 생각할수록 울컥 화가 치밀었다.

계속되는 아이들의 원망을 듣는 척 마는 척하다가 결국 두 번째 휴게소가 나올 때까지 맨 끝 차로로만 가기로 마음먹었다. 다행인지 불행인지 앞에 가는 트럭만 따라가는 꼴이 되었다. 조금 답답하긴 했어도 차라리 그게 훨씬 나을 것 같다면서 가족 모두 이구동성으로 말했다. 어두운 터널을 빠져 나오자

마침내 휴게소가 보였다.

"엄마, 제발 지나치지 말고 우회전 깜빡이 켜고 천천히 진입하세요."

"알았어. 근데 왜 좌회전 깜빡이가 켜지지?"

역시나 당황하여 안도의 숨을 쉬기도 전에 벌써부터 등에서는 진땀이 흐르고 있었다. 우여곡절 끝에 간신히 휴게소에 도착한 나는 다리가 후덜덜 떨려 차에서 쉽게 내리질 못했다. 그나마 정신을 차려 겨울밤의 찬 공기를 마시고 나니 긴장했던 나의 세포들도 한시름 놓은 듯했다.

그랬다. 목적지에 도착할 때까지 절대 자지 않을 거라며 호언장담을 하던 남편은 어느 틈에 잠들고선 한밤중이었다. 믿었던 내가 바보였음을 누구한테 하소연할까. 어쩌면 애시당초 남편은 운전할 생각이 없었는지도 몰랐다. 사실상 운전 교대를 포기한 채 어둠을 뚫고 한참동안 직진만을 하고 있는데 아이들이 춥다면서 따뜻한 히터를 켜달라고 했다. 안타깝게도 나는 주행 중에는 아무것도 조작할 수 없었다. 운전대에서 잠깐이라도 한 손을 떼면 이내 차는 중심을 잡지 못하고 흔들리는 것 같아 두려웠다. 그럼에도 불구하고 위험을 무릅쓰고 오직 아이들을 위해 히터를 찾아서 켜주었다. 그런데 아이들은 아무리 시간이 지나도 따듯하기는커녕 오히려 아까보다 더 찬 바람이 들어오는 것 같다고 말했다. 맙소사, 에어컨을 켰던 것이다. 황당했다.

얼마큼 지났을까. 어렴풋이 어둠이 걷히고 새벽녘을 지나 먼동이 트는 듯 건물 사이로 언뜻언뜻 정열적인 바다를 거침없이 뚫고 나온 것 같은 붉은 하늘이 보였다. 맥박이 빨라지며 마음이 설렜다. 하마터면 신호를 무시하고 무작정 바다까지 갈 뻔했다. 멀고도 먼 길을 얼떨결에 달려와 첫 눈에 반한 겨울바다, 그곳은 부산의 해운대였다. 파킹을 하자마자 추운 줄도 모르고 모래사장으로 달려갔다. 그리곤 그 새벽 인적이 드문 바닷가 한가운데 우리의 흔적을 남기기 위해 발 도장을 찍으며 나란히 걸었다.

밤새 쪼그라든 몸과 마음이 모처럼 휴식을 취하는 듯 그때서야 비로소 안정된 쉼을 누리게 되었다. 비몽사몽간에 흩어졌던 불안하고 초조했던 감정들도 다시금 내 안으로 들어와 평온해지고 있음을 감지했다.

어떻게 보면 그날의 운전이 혹독한 초보운전의 연수였는데 워낙 부지불식간에 일어난 일이라 그 황당함을 결코 잊을 수 없을 것 같다. 그 일을 통하여 전혀 생각하지 못했던 해운대에서 아침을 맞이하는 뜻밖의 상황은 오래도록 내 삶에 잔잔한 파도처럼 남을 듯싶다.

그로부터 십년이 훨씬 지난 요즘, 문득 해운대의 아침 햇살이 그리워지곤 한다.

사랑 꽃, 그 아름다움에 반하다

달콤한 그 향기, 진달래

봄이 오는 길목에서 어쩌다 비가 온 다음날 촉촉한 숲 속 길을 따라 걷다보면 메마른 가지 사이로 나의 시선을 사로잡은 것이 하나 있다. 홀로 고독을 지키며 누군가의 인기척을 애처로이 기다리는 모습은 마치 나를 닮은 듯하다. 지난겨울 살을 에는 듯한 찬바람에도 꿋꿋하게 잘 견뎌온 가녀린 몸짓에 봄바람이 불어오자 수줍은 듯 살포시 꽃을 피우고선 나에게로 온다. 나는 가던 발걸음을 잠시 멈추고 그에게 다가가 가벼운 입맞춤을 한다. 달콤한 그 향기가 메마른 나의 감정 안으로 들어올 때 잠자던 그리움이 싹트면서 다시 사랑을 꿈꾸곤 한다.

보드라운 꽃잎이 내 얼굴에 닿자마자 냉랭하던 나의 가슴은 마치 애틋한 사랑이라도 만난 듯 꿈틀거리며 반응한다. 한 잎 두 잎에 머문 사랑스러움을 그저 보는 것만으로도 이미 내 안에선 하나의 옹달샘을 이루고 있는 듯하다. 그도 그럴 것이 아직 남아 있는 나의 삶에 확실한 마중물이 될 것만 같다. 어느새 갈급한 내 영혼엔 충만한 만족감으로 채워지고 그것으로 인하여 공허한 삶의 한 자락에 간간이 찾아오던 허무함은 마침내 길을 잃고 만다. 이것이야말로 진정 내가 원하던 삶이지 싶다.

진달래와 마주한 그 길 위에서 치열하게 경쟁하던 보이지 않는 욕심을 이젠 내려놓으려 한다. 그리곤 그가 주는 평온함을 마음에 담아 모두가 함께 걷는 꽃길을 만들고 싶다. 앙상한 가지 위에 우아한 자태를 뽐내며 당당한 자신감을 피워내던 그 꽃길 말이다. 저만치 새싹이 고개를 내밀기 전 한걸음 먼저 시작해보면 어떨까 싶다.

나의 또 다른 동반자, 해바라기

그 여린 새싹은 어느새 푸른 옷으로 갈아입고 뜨거운 햇살과 한바탕 사투를 벌이는가 싶더니 매우 힘이 빠진듯하다. 그렇게 맥없이 주저앉은 잎사귀들은 지나가는 한줄기 강렬한 소나기를 만나고 나면 금세 파릇파릇한 기운이 솟구쳐 오른다. 나는 아주 가끔 어떤 환경에서도 쉽게 끊어지지 않는 그 끈질긴 생명력 앞에서 인내를 배우곤 한다.

한여름의 이글거리는 태양 아래서 문제없이 잘 자라 준 해바라기는 여전히 많은 사람들에게 유익을 나누어 주길 원하는 것 같다. 나는 그에게 좀 과하다 싶을 만큼 반하여 어찌할 줄을 모른다. 은근슬쩍 나의 삶 가장자리에 자리매김한 해바라기는 오래전부터 나의 또다른 동반자인 셈이다. 비록 일방적인 사랑일지라도 늘 그와 마주하며 하루를 열곤 한다.

그런 생활이 이미 일상이 되어버린 지 오래다. 그 때문인지 나의 모난 마음 곳곳에 시나브로 행복한 웃음이 잔잔하게 머물러 있음을 발견하곤 한다. 그 영향을 받은 까닭에 나 또한 누군가에게 긍정의 소망을 줄 수 있기를 기대하며 살아간다. 어쩌면 상상을 초월한 그 뜨거운 뙤약볕에서도 당당하게 서 있는 해바라기의 꿋꿋한 정신을 은근히 닮아가고 있는지도 모른다.

해바라기의 씨앗이 통통하게 여물어 익어갈 무렵이면 마음이 설렌다. 잘 익은 씨앗이 떨어지면서 살랑살랑 살결에 부딪히는 바람소리가 가을을 몰고오기 때문이다. 왠지 어릴 적 장에 가신 엄마를 목이 빠지게 기다리듯 그렇게 가을이 오기만을 애절하게 기다리는 것만 같다.

황금빛 물결에 출렁이는 바람, 그 코스모스

드디어 가을이다. 가을이 참 좋다. 들판은 온통 황금빛 물결로 출렁이고 길가엔 코스모스가 내 마음만큼이나 요란스럽게 한들거린다. 가을앓이가 유독 심하여 때때로 긴장되는 마음과 그 가을을 맞이할 설렘이 걷잡을 수 없을 만큼 요동쳐온다. 나도 모르는 사이 양가감정에 사로잡힌 채 다른 어떤 것을 생각할 틈도 없이 조용히 그에게 구속당하고 만다.

그런데 말이다. 참으로 많은 시간이 흘렀음에도 형형색색 코스모스를 볼 때마다 아직 마음이 설레는 건 어떤 연유일까. 어쩌면 여전히 꿈 많은 소녀이고 싶은 까닭이 아닐까라는 생각이 들기도 하지만 아직 완숙의 경지에 이르지 못한 나의 자아 때문일지 모른다는 생각도 배제할 순 없다. 파란 하늘을 배경삼아 누군가를 유혹하듯 하늘거리는 코스모스의 자태를 보노라면 특별한 이유가 없어도 가끔은 몽환적 상태가 되곤 한다. 나만의 안식처에서 깊은 사색의 시간에도 어김없이 등장하던 가을의 흔적들은 그렇게 나와 아름다운 동행을 한다.

해마다 가을이 오면 나도 모르는 사이 심한 발작이 일어나곤 한다. 잠잠하던 공허함이 스멀스멀 바람타고 올라올 땐 어디라도 떠나야만 할 것 같다. 그럴 때마다 불현듯 차를 몰고 떠나곤 한다. 고즈넉한 그곳, 그 언저리 저만큼 고요함이 머문 곳에 살포시 내려앉은 마음에선 흐느끼는 소리가 간간이 들려온다. 나이 들어감에 따라 감당하기 버거운 시간들은 마치 적막강산이나 다름없는 모습이다. 참 아이러니하게도 처량하리만큼 쓸쓸한 삶의 순간들이 현실에 적응하는 속도는 무척이나 빠른 듯하다. 마치 그래야만 또 하루를 살 수 있다는 걸 알기라도 하는 것처럼.

어느새 밤이 깊었다. 아무리 옷깃을 단단히 여미어도 찬바람은 전혀 아랑곳하지 않고 내 살갗 속으로 깊숙이 파고든다. 그새 겨울이 오려나보다.

그 겨울, 동백꽃 사랑을 노래하다

차가운 공기에 이미 익숙한 듯 한겨울 동장군의 추위도 반갑게 맞이한다. 아마도 그건 내가 겨울아이라는 어떤 친숙함 때문이 아닐까라는 생각에 머물곤 한다. 내 고향 남쪽나라 앞마당 뜰에선 여전히 붉은 동백꽃 사랑이 넘실거린다. 맑은 햇살과 어우러진 동백꽃잎을 보노라면 꽁꽁 얼어붙은 헛헛한 마음까지 녹아내리려는 듯 따스한 전율이 온몸을 휘감아 돈다. 그러기에 겨울 한복판에 홀로 서 있어도 견딜만하지 싶다.

어쩌다 눈이 내리는 풍경에도 동백꽃은 기죽지 않은 것 같다. 오히려 하얀 눈을 배경 삼아 더욱 도도한 맵시를 뽐내며 지나가는 나그네도 끌어당기는 힘은 과히 매력적이다. 그 힘에 반하여 한순간에 빠져든다. 어디 그뿐일까, 땅에 떨어지는 순간까지 흐트러지지 않는 그 당당함이란 도대체 어디에서 나오는 자신감이란 말인가. 보면 볼수록 당돌하기 그지없는 어여쁜 꽃잎들은 어쩌자고 평온 중에 있는 나를 자꾸만 흔들어대는지 알 길이 없다. 그럼에도 나는 그 겨울이 참 좋다.

세상과 부딪히며 살아갈 때 더이상 냉랭한 기류에 맞설 용기가 없어질 무렵이면 어김없이 따뜻한 아랫목 같은 온기가 그리워지곤 한다. 그 느낌 때문일까, 고향의 봄은 엄마의 품처럼 포근하고 아늑하여 모든 긴장된 세포들마저도 달콤한 쉼을 누리는 것 같다. 다시 만날 봄날을 위해 꽃단장을 하고 기다리는 마음 중심에 작은 행복이 미소 지으며 서 있다.

3부

노
을
이

물
든

바
다

마흔아홉 송이 장미

해마다 겨울이 되면 〈겨울아이〉라는 노래가 거의 하루에 한 번 이상 내 귀에 들린다. 그때마다 나는 가던 길을 잠시 멈추어 듣곤 한다. 그리곤 생각 속에 잠긴다. '나는 내가 좋아하는 눈 내리는 하얀 겨울에 태어났는데 왜 슬픈 날이 더 많을까.' 생일이 있는 겨울을 은근히 기다리면서도 한편으론 아무도 기억해주지 못한다는 이유로 바보 같은 원망을 하곤 했다.

말하자면 구정 일주일 전이 생일이다 보니 학창시절에는 언제나 방학 중에 있었다. 그래서인지 안타깝게도 생일을 기억해주는 친구는 극히 드물었다. 나는 친구들 생일을 많이 챙겨

주는 편이었지만 매년 나의 생일은 쓸쓸하고 외로웠다.

설상가상으로 결혼 후엔 음력 설날을 준비하느라 가족들도 잘 잊어버렸다. 솔직히 머리로는 이해를 하면서도 해마다 반복되어 나타나는 서운함은 어쩔 수 없었다. 그러다 가끔 서러움이 목구멍까지 차오를 때면 밤새 소리 없는 눈물을 흘리곤 했다. 부끄럽지만 차라리 생일 같은 것이 없었으면 좋겠다는 생각을 한 적도 수없이 많았다. 하지만 언제부턴가 그 쓸쓸함마저 원래 내 것인 양 함께 공존하며 살고 있다.

어쩌다 마흔아홉이 되었다. 마흔아홉 해를 살아오면서 그해 유난히 힘든 일이 많았다. 단잠을 자던 어느 새벽 세 시경이었다. 화장실에서 볼일을 본 후 나오다가 그만 욕실바닥에 미끄러지듯 넘어져 꼬리뼈가 부러진 사건이 가장 충격적이었다. 당장 일어설 수도 없고 몸은 그대로 주저 앉아 꼼짝달싹하지 못했다. 아직 젊은 나인데 불현듯 두려움이 스쳤다. 그렇게 거의 한 달 정도를 제대로 앉지 못했고 서 있는 것조차 힘들어 외출도 거의 하지 못했다. 마음대로 움직일 수 없다는 것에 대한 절망은 우울감으로 나타났다.

나의 아픔은 여전한데 그 무렵 마흔아홉 번째 생일이 다가왔다. 반갑지 않은 생일이었기에 무심히 지나치고 싶었다. 차라리 모르고 지나가는 것이 백 번 나을 것 같다는 생각이 들곤 했다. 어차피 이번 생일도 아무도 기억해 주지 않을 거라며 일찌감치 단정해버리는 것이 차라리 위로가 되었다. 그런데 아무리 괜찮은 척해도 곧바로 밀려오는 슬프디 슬픈 생각들이 머리부터 발끝까지 휘감아 돈다. 이미 만성이 된 줄 알았던 쓸쓸함이 반응해오자 울컥 눈물이 쏟아질 것만 같다. 한없이 우울해짐을 어떻게 또 달래야 할지 막막했다.

그러던 중 해질 무렵 느닷없이 초인종이 울렸다. '어머! 이게 무슨 일이지?' 지금까지 한 번도 받아본 적 없는 꽃바구니가 배달된 것이다. 뜻밖의 선물이었다. 빨간 장미 마흔아홉 송이로 가득 채워진 꽃바구니였다. 발신자는 남편이었다.

꽃바구니를 품에 안고 몇 번이나 내 볼을 꼬집어보곤 했다. 심장이 벌렁벌렁 터질 것만 같았다. 시종일관 웃음이 떠나질 않았다. 이 작은 행복이 한 아름 장미꽃 안에 고스란히 담겨 있는 것 같았다. 덩실덩실 춤을 추며 평생 내려놓고 싶지 않은 마음에 사로잡혔다. 하필이면 일년 중 꽃값이 가장 비싼 겨울에 태어난 이유로 마흔아홉 송이 장미는 전혀 예상하지 못했기에 더욱 감동적이었다.

그렇게 한참 동안 품에 안고 있었던 장미꽃 가운데 하얀 편지봉투가 보였다. 마흔아홉 가지의 감사 내용들을 자필로 쓴 편지에 반하여 눈을 뗄 수가 없었다.

"나랑 결혼해 줘서 고맙네."

"애들 잘 키워 줘서 고맙네."

"날 버리지 않고 지금까지 잘 살아 줘서 고맙네."

"술 좋아하는 날 이해해 줘서 고맙네."

"해장국은 아니더라도 시래기 된장국을 잘 끓여 줘서 고맙네."

…

"당신을 진심으로 사랑하는 거 알지?"

나는 한 자 한 자 또박또박 읽고 또 읽었다. 코끝으로 전해 오는 찡한 감정들로 하여금 다시 내일을 살 수 있는 희망이 된 듯했다. 그동안에 느꼈던 모든 서운했던 기억들은 어느새 눈 녹듯이 사라지고 평온한 쉼 가운데 있는 행복한 미소가 가만히 속삭인다.

'아, 내년엔 오십 송이 장미를 기대해도 될까? 아니 백송이의 빨간 장미를 기대해도 될 거 같은데' 그 밤, 남편과 나는 환상적인 와인 한 잔을 들고 감미로운 음악과 꽃향기에 취해 밤새 시간 가는 줄 몰랐다.

나, 사는 날 동안 앞으로도 수많은 겨울이 찾아와 그때마다 어김없이 들려질 그 노래 소리에 이제 더이상 슬퍼하지 않을 것 같다. 오히려 내 삶의 한편에 고스란히 남아 있는 마흔아홉 송이 장미가 떠오르며 그날의 행복함이 나를 웃음 짓게 할 것이기 때문이다. 오래도록 잊지 못할 특별한 그 느낌, 그 향기와 더불어 평생 동반자로 살고프다.

보물 1호

대학생인 아들은 가끔 수업이 없는 날 여유롭게 피아노를 친다. 나는 오랜만에 늦잠을 자고 싶었는데 로맨틱한 멜로디의 피아노 소리가 귓가를 자극해오자 괜한 몽환적 상상에 빠져든다. 몸은 아직 이불 속에서 뒹굴고 있는데, 정신은 일어날까 말까 고민 중이다. 하루의 시작을 알리는 아들의 피아노 소리에 맞춰 가끔 기분 좋은 출발을 하곤 한다. 그렇게 한 식구가 되었던 피아노는 20년째 집안의 보물 1호답게 당당함을 뽐내며 가장 빛나는 곳에서 우아하게 자리를 지키고 있다

아들은 5살 무렵 피아노를 처음 배웠다. 그때부터 또래 아이들의 수준보다 어려운 곡도 악보를 보자마자 건반 위에서

작은 손가락들이 자유자재로 움직였다. 신기하고 놀라워 마치 신동이 탄생한 듯했다. 부모로서 당연히 아이의 꿈을 키워 주어야 할 것만 같아 적금 타는 날, 남편과 상의도 없이 덜컥 피아노를 사고 말았다. 집이 좁아 둘 곳이 마땅치 않았지만 아들이 피아노 앞에 앉은 모습만으로도 나는 이미 꿈을 이룬 듯했다. 그렇게 세계적인 피아니스트가 될 줄 알았던 아들은 어느 날 불현듯 더이상 피아노를 치지 않겠다고 선언했다.

"피아노 보기도 싫은데 당장 팔아 버리든지 누굴 주든지 하세요."

영문도 모른 채 다짜고짜 일방적인 아들의 말에 무척 당황하여 어찌할 줄 몰랐다. 짐작해보면 나의 지나친 욕심과 기대 때문에 어떤 심리적 부담을 느낀 건 아니었는지 곰곰이 생각할수록 미안했다. 그로부터 수년째 먼지만 자욱하게 쌓여가는 피아노 앞을 스칠 때마다 주인을 기다리는 애달픔이 느껴졌다. 그럴 때마다 내 마음도 덩달아 쓸쓸했다. 공백기가 길어질수록 어쩌면 영영 피아노 앞에 돌아오지 않을까 봐 조바심이 났다.

그러던 어느 날 아들은 어느 축제에 다녀온 후 마침내 잠자던 감성이 살아난 듯했다. 같은 또래 남학생의 피아노 연주에 반하여 집에 오자마자 다시 피아노를 치고 싶다면서 먼지를 털어내고 조심스럽게 페달을 밟으며 건반을 누르기 시작했다. 돌덩이처럼 굳어진 나의 얼굴에 마치 영양 주사라도 맞은 듯 화색이 돌았다. 당시 고1이었던 아들은 그렇게 알게 모르게 쌓여가는 모든 스트레스를 피아노 건반 위에서 풀었다. 아들의 피아노 치는 모습만으로도 안도의 쉼을 누리며 마음까지 평온했다. 힘들다는 고3을 무사히 마친 것도 온전히 피아노 덕분이라 해도 과언은 아닐 듯싶다.

이제야 모든 것들이 안정적인 궤도 안에 제대로 있는 듯했다. 그런데 평안함을 온전히 누릴 새도 없이 어느 날 문득 아들은 느닷없이 전공인 경영학을 포기하고 뮤지션의 길을 가겠다고 했다. 가슴이 철렁했다. 거의 일방적인 통보에 나는 못들은 척 머뭇거렸다. 그것을 눈치 챈 아들의 표정이 금세 어두워졌다. 나의 의사표현은 중요하지 않은 듯 그때부터 아들은 피아노는 기본이고 용돈을 모아 기타, 일렉기타, 키보드 등 작곡하는데 필요한 악기들을 사들였다. 나는 점점 불안했다.

피아노 앞에 다시 돌아온 것은 반가웠지만 절대 예술이 본업이 되는 건 싫었다. 무엇보다 안정적인 직업을 원했고 뮤지션으로 성공할 확률이 생각보다 힘들다는 것을 알기 때문이었다. 그래서 더더욱 분간이 서지 않았다. 취미나 어떤 동호회 활동으로 만족했으면 좋겠는데 아들은 막무가내였다. 그도 그럴 것이 어느 순간부터 적극적인 지지를 해주지 않은 것에 대한 불만이 표출되면서 의견충돌이 있었다. 급기야 집을 나갈 것 같은 불길한 조짐이 보였다. 갈등의 골이 더 깊어지기 전에 어떤 조치를 취해야만 할 것 같았다.

그렇게 데면데면한 시간이 길어지는 걸 원치 않았던 아들은 어색해진 관계를 회복하고자 내가 좋아하는 노래를 피아노 반주에 맞춰 같이 부르자고 넌지시 제안했다. 아, 얼마 만이던가 이 황홀한 기분은. 드디어 아들이 뮤지션의 길을 포기하고 취미 활동으로만 할 것 같아 내심 기분이 좋았다.

"자, 지금 들어가요. 둘, 셋."

잘하고 싶은 마음에 긴장을 하였는지 매번 박자를 놓쳤다. 음정과 박자가 엉망인 나를 보며 아들은 안타까워하면서도 박장대소하며 웃었다. 겉으론 태연한 척했지만 은근히 얄미웠다. 나는 주눅이 들어 그만 하고 싶었다. 결국 마무리는 피아노 연주로 대신했다. 그럼에도 불구하고 잔잔한 감동이 심장으로 내려와 울림으로 남았다.

이번 일을 계기로 아들의 삶의 방향을 이해하는 폭이 넓어졌다. 그런데 끝까지 뮤지션의 길을 포기할 수 없다던 아들이 어느 순간 한 발짝 뒤로 물러선 듯했다. 안타깝게도 나는 대놓고 기뻐할 수가 없었다. 이러지도 저러지도 못한 채, 내 안에 흐르는 어떤 미묘한 기류로 인해 오랫동안 혼란스러웠다.

문득 때론 강하게 때론 한없이 부드럽게 마치 피아노와 일심동체가 된 듯 그렇게 정열적으로 피아노를 치던 아들의 모습이 떠올랐다. 결국 행복이란 자신이 가장 좋아하는 일을 할 때 뿜어져 나온다는 사실을 인정하기로 했다. 그 작은 행복 앞에 철저하게 이기적이던 나의 생각을 잠시 내려놓으려 한다. 나의 틀에 박힌 고정관념을 넘어 적극적인 수용의 마음가짐이 이제라도 내게 왔으니 기꺼이 받아들이고 싶다. 무엇보다 아들의 행복이 우선이기에 아들의 삶에 멈추지 않는 미소가 동반된다면 그 일이 어떤 일일지라도 응원할 것임을 다짐해본다.

노을이 물든 바다

지난 6월 황금연휴에 여수 바닷가 어느 펜션에서 시댁 모임이 있었다. 솔직히 썩 내키지 않았다. 하지만 이왕 가는 거라면 기필코 노을이 물든 바다를 보고 싶다는 생각을 했다.

고속도로 주변 길가에는 하얀 밤나무 꽃이 흐드러지게 피어 있었다. 창문을 내리자 꽃향기가 너울너울 춤을 추듯 차 안으로 스며들었다. 그럼에도 끝이 보이지 않는 길은 마치 내가 느끼는 쓸쓸함의 깊이만큼 멀었다. 시간이 흐를수록 조바심이 났다. 터질 것 같은 답답함이 밀려왔다.

오후 5시를 훌쩍 지나 마침내 목적지에 도착한 듯했다. 그런데 바다가 보이지 않았다. 그저 평화로운 시골 풍경뿐이었다. 방금 전까지 비가 왔는지 거리는 온통 촉촉하게 젖어 있었다. 풋풋한 풀내음의 향기가 깔려 있는 길을 따라 한참을 돌고 돌다 보니 바다의 짭조름한 느낌이 전해지는 듯했다. 아, 드디어 바다다. 그렇게 꽁꽁 숨어 있는 바다를 향해 나는 마치 연인에게 하듯이 괜한 투정을 부리고 싶었다.

먼저 도착한 식구들에게 인사할 겨를도 없었다. 숙소 앞바다에 펼쳐지는 아름다운 전경과 상상을 뛰어 넘는 이국적인 주변 경치에 순식간에 반해버렸다.

준비한 바비큐와 각자 한 가지씩 해온 음식을 펼쳐 놓으니 마치 소풍을 나온 기분이었다. 저녁을 먹자마자 더 늦기 전에 산책길에 나가고 싶었다. 하지만 맏며느리인 나는 잔뜩 쌓인 설거지 거리가 시야에서 떠나질 않았다. 당연한 것처럼 자동으로 움직여지는 내가 지겹도록 싫었다. 하지만 어쩌랴. 순응하는 것이 최상의 선택임을 결혼과 동시에 나의 몸은 이미 그렇게 반응해왔다.

창문 틈 사이로 언뜻언뜻 보인 붉은 노을이 손짓을 하는데도 시간은 똑딱똑딱 야속하게 흘러만 갔다. 설거지를 다하고 나면 노을은 깊은 숙면의 시간에 빠져 버릴 텐데. 나는 이러지도 저러지도 못하고 눈치만 보고 있었다. 저녁 8시가 넘어가고 있을 무렵이었다.

"처남댁, 노을이 지기 전에 저녁 산책 나갑시다."

"아, 근데 저는 설거지해야 하는데요."

"처남댁이 설거지 안 해도 할 사람 많으니까 빨리 나와요."

"정말요? 그럼 잠깐만요."

큰고모부의 말 한마디에 용기를 내어 빠른 걸음으로 숙소를
빠져 나왔다. 저만치 앞서서 다른 고모부 두 명도 걸어가고 있
었다. 왠지 뒤통수가 따가웠지만 그래도 발걸음은 날아갈 듯
가벼웠다.

해안도로로 연결된 산책로는 더없이 아름다웠다. 바다 옆
절벽같이 가파른 언덕 위에서 우아하게 펼쳐지는 불빛은 마
치 지중해의 어느 마을을 보는 듯했다. 바닷물이 바위에 부딪
히는 철썩거리는 소리를 들으며 천천히 걸었다. 바다의 비릿
한 내음이 친근하게 느껴졌다. 저 멀리 선착장 끝자락에 서 있
는 가로등 불빛이 고요한 나의 감정을 자극했다. 초저녁의 화
려한 노을은 아닐지라도 마치 나를 위해 남겨 놓은 듯한 마지
막 붉은 노을이 찬란하게 빛났다. 실로 오랜만에 내 안에서 꿈
틀거리는 그 무엇과 함께 잠잠히 머물고 싶었다.

어느새 수평선 위의 짧고 강렬했던 노을은 내 마음을 어루

만지며 가슴 깊은 곳에 들어와 하나가 되어 내 삶의 한 편에 익숙한 채 머물렀던 단단한 응어리가 녹아지는 듯한 느낌이 들었다. 가난한 집의 맏며느리로서 감당해야만 했던 문제들, 다섯 시누이들의 보이지 않는 무언의 압박, 그리고 끝없이 바라시는 시어머니의 눈빛 등등. 그렇게 비우고 또 비워야 남은 삶의 시간도 견딜 수 있다는 것을….

얼마만큼 걸었을까. 선착장에 떠있는 작은 배 두 척의 모습이 검은 실루엣처럼 드러났다. 희미한 가로등 불빛과 어우러지는 몽환적인 분위기에 빠져 잠시 발걸음을 멈췄다.

순간 남편이 어느 틈에 따라와서는 팔짱을 낀다. 나는 갑자기 장난기가 발동했다. 남편의 목을 와락 끌어안았다. 키가 큰 남편에게 매달린 느낌이었지만 우린 누가 먼저랄 것도 없이 진한 입맞춤의 시간에 서로를 맡겼다. 평소에 표현을 잘 하지 않는 과묵한 성격의 남편이지만 다양한 포즈를 취하면서 서투른 열정을 쏟아냈다. 나름대로 완벽한 포즈가 나올 때까지 깔깔깔 웃고 또 웃었다. 마치 오래 전 연인으로 돌아간 듯 간만에 느껴보는 짜릿한 전율이 메마른 가슴을 촉촉하게 적셨다.

나는 좀 더 그 사랑, 그 느낌에 충실하길 원했다. 그런데 남편은 뭐가 그리 쑥스러웠는지 바보같이 내 마음도 모른 채 먼저 숙소로 들어가 버렸다.

어둠이 깊어질수록 고요함도 깊어지는 밤바다와 마주하는 시간 속에서 잠잠히 나를 바라보았다. 아, 얼마만이던가, 이 자유로움은. 그렇게 나도 모르게 흠뻑 취한 듯 빠져들었던 그 날 밤, 그 시간은 그리 길지 않았다.

가끔 스산한 마음이 올라올 때면 유독 그 바다가 그립다. 살다가 불현듯 집을 나서고 싶어지면 무작정 차를 몰고 다녀올 참이다.

이젠 울지 마요

마침내 그 어린 감나무 세 그루에 감꽃이 피었다. 애지중지 사랑과 정성으로 보살피고 관리를 잘하신 탓에 실하고 예쁘게 피어난 감꽃은 쉽게 떨어지지 않았다. 마치 그분의 삶이 오롯이 그곳에 머문 것처럼 모든 것을 함께 나누셨다. 오래전부터 감나무엔 주홍의 감, 뿐만 아니라 그분의 삶의 흔적들인 기쁨과 설움이 함께 열리곤 했다. 감이 익어갈 무렵이면 어김없이 그분의 삶도 농익어 갈 것이 틀림없었다. 감나무가 있던 곳은 때론 그분의 삶의 피난처가 되곤 했다.

어찌 그분의 삶을 전적으로 다 이해할 수 있을까마는 딱 오십을 살아보니 이제야 조금 이해할 것도 같다. 가난한 집에 시집와서 여자의 몸으로 안 해본 일이 없을 만큼 부단히도 열심히 살아오신 그 세월을 무엇으로 보상 받고 싶으셨을까. 훈장처럼 남은 것은 구부러진 허리와 깊게 패인 주름뿐인데 이제와서 누굴 탓하며 원망한들 무엇 하리. 체념하며 살다가도 때때로 마음 깊은 곳에 숨어 있던 서러운 순간들이 불쑥 올라올 때면 한이 맺힌 눈물을 하염없이 쏟아낼 수밖에 없었다고 한다. 슬픈 눈물을 닦아주며 위로를 받았던 곳은 바로 그 감나무 아래였던 것이다.

그분의 피난처는 마을에서 조금 벗어나 있어 사람의 발길이 뜸한 어느 한적한 곳에 있었다. 어느새 일흔일곱이 되신 그분은 여러 가지 먹거리 채소들을 감나무 아래 심어 놓고 정성을 다해 관리하시며 그에 따른 노동의 수고 정도는 기꺼이 감당하시겠다는 굳은 의지도 보이셨다.

숨이 탁 막혀 온 어느 해 언제쯤이던가. 이미 성인이 된 자식의 아픔이 느닷없이 전해지던 날, 충격에 빠지시곤 넋을 잃고 꺼이꺼이 세상을 원망하시며 우시던 곳도 아니나 다를까 변함없는 그곳이었다. 세상사 힘든 일들을 아무도 몰래 그렇게 다 토해내다시피 해야만 내일을 맞이할 수 있었다는데. 그랬다. 어쩌면 일평생 사시는 동안 그런 피난처마저 없었다면 얼마나 외로우셨을까 하는 생각이 들자 가슴이 먹먹해졌다. 그런 줄도 모르고 어쩌다 힘든 내색이라도 하면 위로는커녕 다짜고짜 짜증부터 내었던 순간들이 얼마나 많았던가.

언젠가 그분도 때론 사랑받고 싶은 여자이고 싶었다는 걸 혼자만의 넋두리를 통해 알았을 땐 가슴이 미어지듯 저며 왔다. 마치 본인의 삶은 없는 듯 평생을 남편과 자식들에게 헌신하시며 살아온 그 세월의 흔적들이 파노라마처럼 아련하게 스칠 때면 마음이 짠하게 아팠다. 그런데 언제부턴가 그분의 삶을 충분히 이해한다 하면서도 마음 한편에선 여전히 냉정하게 외면하곤 했다. 때론 아무런 대가도 없이 무조건적으로 헌신하는 그분의 삶이 밉기도 했다. 어떤 상황에서도 끝없이 내어주기만 하는 그 사랑이 바보처럼 보이는 것도 싫었다. 당신의 삶을 체념하듯 받아들이며 사신 모습을 볼 때 어느 순간부터 감사하기보단 답답함으로 부딪혀왔다. 이제라도 오롯이 당신의 삶을 사셨으면 좋겠는데 그마저도 여의치 않음을 알게 되었다. 몸 구석구석 그리고 뼈마디마다 이미 통증으로 채워진 지 오래되었고, 그 아픔의 고통은 심장까지 쪼그라들게 만들었다. 그렇게 하루하루 약해지는 모습을 볼 때마다 꼬집어 말할 수 없는 죄책감을 떨칠 수 없어 힘든 적이 많았다.

　오랜만에 주홍의 감들이 먹음직스럽고 탐스럽게 익어가는 것을 보았다. 가지가 부러질 정도로 주렁주렁 매달린 감들을 보며 많은 생각에 잠기곤 했다. 그 오래 전, 아주 작은 감나무에서 꽃이 필 무렵부터 지금의 감나무에 열린 주홍의 열매만큼 아니 어쩌면 그보다 훨씬 많았을 것만 같은 마르지 않는 눈물의 세월을 어떻게 다 견뎌내셨는지 생각할수록 찌릿찌릿한 아픔이 느껴졌다.

　그럼에도 불구하고 그분의 감나무 사랑은 유별났다. 아무리 힘들고 어려울지라도 까치밥은 또 넉넉하게 남겨두신다고 했다. 함께 공존하며 살아야 한다는 이유만으로. 그리곤 더 알찬 열매를 기대하기 위해 때론 가지치기를 과감하게 해야 한다는 것도 잊지 않으셨다. 어쩌면 그분의 삶을 포함하여 우리의 인생도 마찬가지 아닐까 싶었다. 오직 더 좋은 날을 위해 걱정과 근심과 분노와 억울함과 힘들었던 모든 삶의 순간들을 그때그때마다 눈물을 머금고 잘라냈으리라 짐작해본다.

　파란 가을 하늘이 유난히 쓸쓸해 보인다. 적당히 옮겨온 가을 풍경이 헛헛한 내 감정 안에서 아직 적응을 하지 못한 탓인가. 눈물이 날 것만 같다. 그런데 얼핏 보고 말았다. 그분의 어둡고 깊게 패인 볼을 타고 주르륵 흘러 목소리에 젖어드는 하얀 눈물을. 일평생 집착에 가까운 자식들에 대한 사랑을 내려놓지 못한 까닭에 삶은 더 지쳐가는 듯하고 점점 작아지는 그분의 눈에 눈물이 마를 날은 언제쯤일까.

"엄마, 이젠 울지 마요. 우리의 피난처 되신 주님이 계시잖아요."

향기, 그 이름만으로도

　가슴이 두근두근, 심장이 쿵쾅쿵쾅! 어느 신문 지면을 통해 알게 된 이철호 선생님과의 만남을 앞두고 있었다. 다음날, 기대와 설렘을 안고 '○○○문학관'에 첫 발을 올려놓았다. 긴장된 마음을 최대한 이완시키며 내부에 흐르는 분위기를 얼핏 둘러보았다. 그곳은 마치 지혜로운 엄마의 품처럼 아늑하고 포근했다. 약간의 낯설음은 금세 평안을 느낄 만큼 안정되었고 거의 본능처럼 가동되었던 탐색 과정은 새로운 희망을 예고하며 끝이 났다.

　이윽고 선생님을 만나는 시간이었다. 기대하던 선생님의 첫 마디는 "참 매력이 많은 사람 같네요. 뭐랄까. 볼수록 향기 나는 사람!"이라고 하셨다. 그 말을 듣자마자 온몸에 전율이 흘렀다. 사실 몇 년 전에 누군가로부터 똑같은 얘기를 들은 적이 있었기 때문이다. 그렇다면 나는 진정 볼수록 향기 나는 사람이 맞는 걸까. 순간 나도 모르게 우쭐할 뻔했다. 전혀 예상하지 못했는데 선생님의 예리하신 통찰력으로 정확하게 꿰뚫어 보는 것 같아 이미 들뜬 마음은 쉽게 진정되지 않았다. 시간이 좀 필요할 듯했다. 그런데 뭐지? 은근히 문학적 향기가 스멀스멀 올라오는 이 느낌은.

요사이 내게 일어나는 삶의 다양한 문제들로 하여금 많이 우울했는데 뇌리 속에 박힌 선생님의 그 한 마디의 말이 시종일관 나를 웃음짓게 했다. 혼자 피식피식 웃다가 잠시 지금까지의 삶을 돌아보았다. 그런데 아무리 생각해봐도 왠지 향기와는 거리가 먼 평범한 삶이었던 것 같다. 하지만 어느새 내 안에선 이제부터라도 용기를 내어 오롯이 나만의 향기를 나타내는 삶을 살고 싶다는 욕망이 생기기까지 했다.

그런데 문득 선생님의 삶은 어떤 향기일까 궁금해졌다. 선생님은 주어진 삶에 매 순간마다 최선을 다해 열심히 사셨고, 나눔과 봉사의 삶을 몸소 실천하시면서, 넉넉히 베푸시는 삶은 여전히 진행 중에 계시다. 그리고 문학도들을 위해 아직 남아있는 열정을 아낌없이 쏟으시는 정말 멋쟁이 선생님이시다. 아무리 생각해봐도 그 어떤 누구라도 쉽게 하지 못할 그 일을 선생님은 당당하게 이루어 가신다. 문학에 대한 사랑이 없이는 불가능할 것만 같다. 그것은 어쩌면 선생님을 닮고 싶은 이유 중에 하나인지도 모른다.

나는 감히 선생님의 삶의 향기가 이왕이면 내가 좋아하는 해바라기 향이었으면 좋겠다는 생각을 해보았다. 많은 사람들로부터 존경받기에 부족함이 없는 선생님의 삶이야말로 때에 따라 사람들에게 필요를 채워주는 해바라기와 닮은 것 같은 나의 작은 생각이 머물렀기 때문이다. 나는 가끔 그런 선생님과의 만남이 우연이 아닌 필연이었으면 좋겠다는 생각을 해본다.

어느 순간부터 문학관 출입은 나의 삶에 새로운 에너지를 충전하는 곳이 되었다. 매주 문우들의 따듯한 관심을 비롯하여 그들의 적극적인 도전의식을 보면서 나의 부족함을 알면서도 때때로 글을 잘 쓰고 싶은 욕심이 들곤 했다. 시문학에 대해 조금씩 더 알아가는 기쁨 또한 삶의 원동력이 되는 것 같았다.

그렇다면 나의 내면 깊은 곳에서부터 갈망하는 나만의 향기는 어떤 향기이길 원하는가. 은은하면서도 질리지 않는 그러면서도 기왕이면 신맛, 단맛, 쓴맛의 어우러짐 속에서 상큼한 에너지를 품어내는 그것. 굳이 말하자면 자몽향 같은 문학적 향기가 나의 삶을 지배했으면 좋겠다는 생각이 들곤 했다.

그랬다. 나는 오래전부터 문학 작품을 통해 많은 사람들과 서로 공감하고 소통하길 원했다. 그런데 곰곰이 생각해보니 어쩌면 그 일은 'ㅇㅇㅇ문학관'에서 문학을 공부하는 중에 이루어지지 않을까 싶다. 그러기에 매순간 글쓰기에 더욱 집중해야 할 것 같다. 그리고 누군가에겐 진솔함이 담겨 있는 삶의 향기로움이 글을 통해 공급되어지기를 갈망하곤 한다.

언젠가 나의 삶을 되돌아볼 즈음엔 선생님처럼 나의 삶도 뭔가 울림이 있는 삶이기를 꿈꾸어 본다. 밤이 깊었다. 향기, 그 아름다운 이름을 보듬고 이제야 달콤한 단잠에 빠져든다.

데이트 신청

수능이 끝나고 딸과 데이트를 하기로 했다. 다행히 원하는 대학 합격통지를 받은 상태였다. 우리는 편안한 마음으로 데이트 장소를 찾기 시작했다. 사실 그동안 한 번도 둘만의 데이트를 해본 적이 없었다. 마음의 여유와 시간적인 여유가 없었기 때문이다. 2주간의 특별 휴가를 받았는데 오래 기억할 수 있는 좋은 곳을 찾기가 쉽지 않았다.

고민 끝에 서유럽 여행을 하기로 했다. 하지만 준비하는 과정에서 벌써 삐거덕거렸다. 서로 취향이 다르다는 걸 알게 되면서 생기는 갈등을 극복해야 했다. 사실 조금 걱정되었다. 문제없이 행복한 데이트가 될 수 있을 것인지.

사건은 영국에서 터지고 말았다. 영어 울렁증이 있는 나에게 딸은 막무가내로 음식 주문을 해보라고 했다. 나는 딸만 의지하고 있었는데 당황스러웠다. 물론 경험을 통해 두려움에 대한 거부감을 없애는 방법일 수 있다. 하지만 그 순간 딸이 살짝 원망스러웠다. 은근히 자존심도 상했다. 그 사건 이후 모녀 사이가 조금 어색해져 버렸다. 그냥 집으로 돌아가고 싶은 생각뿐이었다. 서로 말은 안 해도 차가운 눈빛 속엔 이미 힘듦이 묻어나고 있었다. 어떻게 해서라도 기분 전환을 해야만 할 것 같은데 보이지 않는 눈치 싸움이라도 하는 듯 방법을 찾을 생각조차 미뤘던 것 같다.

그때 마침 스위스 융프라우에 가기로 한 날이었다. 딸과 나는 인터라켄 역에서 기차를 타기 위해 이른 새벽 서둘러 숙소를 나왔다. 새벽 차가운 공기의 상쾌함이 냉랭한 모녀 사이로 들어와 예상치 못했던 화해의 손을 잡게 되었다. 수북이 쌓인 눈길을 걸을 땐 이미 상한 마음이 치유된 기분이었다. 기차를 타고 올라가던 중, 창밖에 파노라마처럼 펼쳐지는 아름다운 풍경들을 감상하는 내내 우리의 모습은 따뜻한 어느 햇살의 온기 안에 가만가만 머물고 있는 듯했다. 잠시도 눈을 뗄 수 없을 만큼 계속되는 설산의 아름다움은 그야말로 완벽한 장관이었다. 보는 것만으로도 내면에 숨어 있는 모든 상처와 감정의 아픔들이 깨끗하게 치유가 될 것만 같은 믿음이 생겨나곤 했다. 사진 찍는 것을 좋아하지 않은 딸이지만 이곳은 피할 수 없었나 보다. 우리는 부지런히 행복한 순간들을 가슴에 담고 그리고 카메라 렌즈에 담기 바빴다.

만년설이 있는 곳은 창문을 통해 볼 수밖에 없었다. 강한 바람 때문에 좀 추웠다. 시장기가 느껴져 건물 안 매점으로 내가 먼저 들어갔다.

순간 내 눈이 활짝 띄었다. 신라면, 반가웠다. 나는 딸이 오기 전에 라면을 사고 싶었다. 용기를 내어 도전했지만 마음이 급해지자 점점 식은땀이 나면서 얼굴은 후끈 달아올랐다. 창피해서 그만 포기할까 생각도 했지만 마침내 두 개를 샀다. 내친김에 뜨거운 물을 많이 달라고 했다. 그때 딸이 들어왔다.

"이거 먹자!"

내 말에 딸은 감탄한 듯 말했다.

"엄마, 인제 나 없어도 잘 살 줄 아네?"

나는 별거 아니라는 듯 웃으며 한 방울의 국물도 남기지 않고 맛있게 먹었다. 사실 난 원래, 라면 국물은 먹지 않는다. 그런데 스위스에서 딸과 함께 먹은 신라면의 맛은 정말 꿀맛 같았다. 마치 서울에서 주문한 특별 음식을 먹은 것처럼 매우 만족스러웠다. 다행히 딸의 표정도 즐거워 보였다.

딸과 나는 새하얀 얼음 꽃 같은 달콤한 미소를 머금은 채 추억이 될 만한 기념품도 하나씩 샀다. 소소한 이 작은 것들을 통해 얻은 행복이 잔잔하게 삶을 기쁘게 하는 것 같다. 소소한 행복을 함께 누릴 수 있는 딸이 있다는 것만으로 더욱 뿌듯하다. 따뜻한 커피 한 잔을 여유롭게 마신 후 융프라우 티켓을 사면서 받았던 기념 여권에 인증 스탬프를 찍었다. 나는 한 번 더 힘주어 진하게 찍었다. 딸과의 특별한 데이트가 오래오래 절대 지워지지 않기를 간절히 바라면서.

앞으로 더 많은 곳을 함께 다니며 당당하고 멋스럽게 데이트하고 싶다. 그런데 옆에 있는 딸이 조건을 말한다. 영어 울렁증을 극복할 수 있어야 가능하다고. 씁쓸한 웃음 속에 강한 도전의 모습이 보인다. 그럼에도 불구하고 또다시 함께 할 그 날이 기대된다. 이제 딸도 성인이 되었으니 확실한 내 편이 된 것 같다. 참으로 든든하다. 평생 함께할 동반자가 추가된 느낌이다.

딸과 데이트 하면서 딸에 대해 많은 것을 알게 되었다. 착한 성품은 그대로였다. 그리고 아직도 어리기만 한 줄 알았는데 조금씩 철이 들어가는 모습이 순간순간 보이곤 했다. 이젠 충분히 인생 이야기도 함께 나눌 수 있을 것 같다. 기대한 것보다 더 예쁘게 성숙되어 가고 있는 딸이 대견스럽다. 그렇게 딸과 함께한 행복한 웃음소리가 앞으로 다가올 내 삶 전체에 울려 퍼지는 것 같다.

"사랑하는 딸, 언제든지 데이트 신청 받아 줄 거지?"

첫 사인

J선생과 K선생은 나의 대학원 동기생들이다. 우린 상담을 공부했고, 함께 한 달에 두 번씩 소년원에서 상담 및 멘토링 봉사를 시작한 지도 벌써 7년째다.

그날도 변함없이 소년원에서 아이들과 일대일 만남이 끝난 후 서로 피드백을 하기 위해 발걸음을 옮긴다. 우린 고민할 것도 없이 거의 자동으로 이어지는 코스처럼 '수리산두꺼비' 식당으로 이동을 한다. 건물은 약간 허름해도 운치가 있으며 아침마다 콩을 직접 갈아 만든 모두부와 참숯불에 구운 고추장 불고기가 일품이다. 식당에 들어서자마자 눈인사만 했는데도 알아서 주문이 들어가고 테이블에 음식이 차려졌다. 우린 이미 단골손님인 셈이다.

콩물 속에서 수줍은 듯 누워 있는 새하얀 두부를 살포시 한 입 떠먹으니 고소함이 전신으로 퍼진다. 알게 모르게 지쳐 있던 몸과 마음밭이 호사를 누리는 시간이다. 왕성한 식욕의 공통성을 가진 우리는 가끔 먹는 것에 집중하느라 피드백을 해야 하는 것을 깜박 잊어버리곤 한다. 숯불 향이 어우러져 더욱 쫀득거린 불고기가 절반쯤 없어질 즈음 기회를 포착하여 나는 약간 상기된 목소리로 말했다.

"선생님들, 저 이번에 작가로 등단했는데요. 작품이 실린 책을 선물로 드릴 테니 시간 날 때 한 번 읽어보세요."

"어머나, 가끔 글을 쓴다고 하더니 등단을 축하해요. 그냥 지금 바로 줘요. 얼른 선생님 작품만 살짝 읽어 볼게요."

"아니, 천천히 집에 가서 읽어도 되는데…."

그날, 그렇게 상담에 대한 피드백은 이미 물 건너갔고 자연스럽게 내 작품에 대한 합평회 시간이 되어버렸다. 개인적으로 느낀 소감을 비롯하여 각자의 의견과 생각들을 말하는 내내 분위기가 달아올랐다. 다른 사람들에게 민폐가 되었을 것 같은 하이 톤의 목소리는 쉽게 내려오질 않았다.

식당 주인언니에게도 책을 선물로 주었다. 바쁜 와중에도 금세 내 작품을 읽었다면서 슬그머니 우리의 테이블에 와서 앉았다. 아직 끝나지 않은 토론 시간임을 알고 짬을 낸 주인언니가 합류한 채 이야기는 계속되었다. 나의 글이 이렇게 재미난 토론거리가 된다는 것이 흥미로웠다. 나는 마치 그 어려운 것을 문제없이 잘 해내기라도 한 것처럼 기세등등했다.

등단작 〈혼자의 시간〉에 일어나는 모든 것을 함께 공감하고 이해한다는 그들의 말에 힘이 났다. 그리곤 작품 내용에 대해 진지하게 묻곤 했다.

"류진 씨, 저녁노을을 외면하고 그렇게 빨리 집으로 가버리면 어떻게 해. 난 혹시나 로맨틱한 사랑이야기가 펼쳐지나 궁금했는데."

이어서 집중하여 듣고 있던 K선생과 J선생도 진솔함을 담은 의견을 내놓았다.

"아뇨. 제 생각엔 가족이 있는 집으로 바로 돌아가는 것이 훨씬 매끄럽고 좋은데요."

"글쎄요. 저 같으면 아름다운 노을빛을 밑그림으로 깔고 한 번쯤 인생의 화려한 그림을 그려 보는 것도 좋았을 거 같아요."

그랬다. 서로의 의견은 확연하게 달랐다. 나의 작품에 대해 마치 본인들이 작가인 듯한 착각이 들 정도로 열정이 넘치는 토론이었다. 즉흥적으로 만들어진 합평회 시간이 화기애애함 속에서 그렇게 끝나갈 무렵이었다.

바로 옆 테이블에서 식사를 마친 손님들이 우리의 이야기를 듣고서 자기들에게도 책을 달라고 했다. 나는 전혀 생각하지 못한 뜻밖의 상황이라 당황스러웠다. 부끄러운 졸작이라 민망하기도 하여 난감했다. 그 손님들 중에 작가라는 분이 집요하게 달라고 하여 어쩔 수 없이 책 한 권을 선물로 드렸다. 그 작가는 책을 받자마자 책값이 얼마냐고 물었다. 나는 선물로 드린 것이라고 말했는데도 한사코 책값을 주시면서 사인까지 해달라고 했다. 등단 후 첫 사인을 지인이 아닌 일반 독자에게 했다는 것만으로 마치 유명 작가라도 되는 양 기분이 묘했다. 이럴 줄 알았다면 좀 근사한 사인을 미리 연습해 놓은 건데 아쉬움 반, 기대 반으로 뜨거운 감정이 교차했다.

나의 글이 지면을 통해 흩어져 어느 곳에 머무르게 될 지 궁금하기도 하고 두렵기도 한다. 이젠 글에 대한 책임을 져야만 할 것 같고 약간의 부담이 느껴지는 것도 사실이다. 그렇더라도 서두르진 말아야 할 듯싶다.

주인언니가 다가와 환하게 웃으며 말했다.

"류진씨, 등단을 진심으로 축하하며 오늘 밥값은 공짜예요."

침묵

　가끔 소파와 일심동체가 되어 꼼짝하기 싫은 날이 있다. 특별히 오늘은 무위한 시간들에게 잠잠히 나를 맡겨 볼 참이다. 그러다 문득 떠오르는 짧은 글들을 재빨리 핸드폰 메모장에 메모를 한다. 그런 즉흥적인 발상에 스스로 취하는 날엔 이미 베스트 작가라도 된 기분이었다. 외로움을 많이 타는 나의 글은 주로 감상적일 때가 많다. 어쩌다 심금을 울릴 만한 표현들을 발견할 땐 자화자찬에 덩실덩실 춤을 출 정도다. 마치 내가 천재 작가라도 되는 양 그 작은 것이라도 인정받고 싶은 까닭에 수정하지 않은 그대로를 여기저기 단톡방에 올리곤 했다. 그렇게 올리는 글들마다 재빠르게 반응해오는 한마디의 칭찬에 우쭐거리며 은근히 그런 시간을 즐겼다.

그래서일까. 세상엔 내 편이 참 많다고 생각했다. 비록 가진 것은 많지 않아도 부족함을 못 느끼며 마치 내가 최고인 것처럼 늘 자족하며 살았다. 또한 그들이 있어 세상에 못할 일은 전혀 없을 정도로 자신만만했다.

그러던 어느 날, 회원이 대략 50명 정도 되는 모임에서 뜻하지 않게 회장이 되었다. 당연히 잘 할 수 있을 것 같은 의욕이 충만했다. 기세를 몰아 곧바로 단톡방을 만들었다. 삶의 희로애락을 함께 나누며 소통할 수 있다는 생각만으로도 마음은 이미 저만치 앞서갔고 기대가 컸다. 단톡방의 반응은 매우 뜨거웠다.

시작할 땐 비교적 순탄하게 유지되는 듯하더니 어느 순간 조금씩 예상을 빗나갔다. 언제부턴가 전체 모임 공지를 올리면 분명 메시지 확인은 다했는데 마치 약속이나 한 것처럼 묵묵부답이었다. 다음날도, 그 다음날도 여전히 비어 있는 무반응의 작은 공간이 한없이 낯설게만 느껴졌다. 나는 예상치 못한 반응에 당황하여 매일매일 불안에 시달렸다. 내가 무엇을 잘못했기에 이 지경까지 왔는지 자괴감이 들었다. 행여 무반응은 나의 무능력을 빗대어 표현한 건 아닌지 생각할수록 점점 더 의기소침해졌다.

단톡방에서 거절당한 느낌의 두려움은 결국 고독과의 싸움인 듯했다. 모두가 수군거리며 혼자인 나를 구경하는 것 같았다. 한 번도 경험해 보지 않았던 따돌림의 아픔이 고스란히 전해졌지만 속수무책이었다. 일명 '왕따' 같은 것이었다. 집단적으로 몰려오는 무서운 침묵 앞에서 자신만만하던 당당함은 이미 온데간데없었다.

스스로 대수롭지 않은 일이라고 애써 마음을 다독거려 봐도 시간이 흐를수록 더욱 소심해졌고 회복할 수 없을 만큼 점점 지쳐갔다. 급기야 무기력한 상태에 빠지고 말았다. 후회만 밀려올 뿐 아무것도 하기 싫었다. 조용히 단톡방을 해체하고 모든 걸 내려놓고 어디론가 훌훌 떠나고 싶었다.

마침 그때였다. 친구들이 태국 여행을 제안했다. 잠깐이라도 아니 할 수만 있다면 아예 이곳을 떠나고 싶었기에 한 치의 망설임도 없이 무조건 가겠다고 했다.

방콕에서 파타야 산호섬 가는 길에 바다 위에서 낙하산 타는 곳이 있었다. 낙하산 타기는 처음이지만 침체되었던 나의 삶에 활력소가 된다면, 그리고 무너진 자신감을 다시 회복할 수 있다면 두려움을 물리치고 도전해 볼 만했다. 그런데, 그런데 말이다. 몇 번을 생각해봐도 겁이 많은 나는 정말 자신이 없어 슬그머니 뒤로 물러섰다. 그런 내 모습을 한심스럽게 바라보는 친구들이 비아냥거리며 한마디씩 쏘아댔다.

"그렇게 자신감이 없으면서 무슨 일을 하겠다는 거니?"

"그러니까 왕따를 당하는 거지."

"그럼, 그냥 그대로 무시당하면서 살던가."

위로는커녕 가장 믿었던 친구들마저 그 순간 나를 무시하는 것 같았다. 듣고 있자니 오기가 생겼다.

"알겠어. 까짓거 나도 탈거야. 근데 진짜 안 무서워?"

"견딜 만해. 아무튼 후회하지 말고 어여 타기나 하셔."

용기를 내어 안전요원 앞으로 갔다. 선글라스를 벗고 아무리 안전하게 무장을 한다 해도 스멀스멀 올라오는 무서운 긴장감은 여전히 혼자임을 증명이라도 하듯 내게 더 바짝 달라붙었다. 그날따라 유독 심하게 쿵쾅거리는 심장 소리에 불안이 더 따라오는 것 같아 깊게 심호흡을 하여 내쫓고 최대한 안정을 취한 후 낙하산 타는 곳 바로 앞에 섰다. 드디어 내 차례였다.

"나는 뭐든 할 수 있다! 더이상 왕따로 살 순 없다!"

구호를 힘차게 외치며 자의반 타의반으로 마침내 하늘을 향해 날아올랐다. 무서움에 잠시 감았던 눈을 뜨고 망망대해 위에 홀로 떠있는 나를 보았다. 어디에서 에너지가 채워졌는지 알 순 없지만 그 시간 나는 결코 외롭지 않음을 온몸으로 느끼고 있었다. 당당하게 두 팔을 벌려 하늘 위의 상쾌한 공기를 마음껏 들이마셨다. 이제야 살맛나는 세상을 만난 듯 더 멀리 날고 싶었다. 아픈 상처도 충분히 잊을 수 있을 것 같았다. 뿐만 아니라 그동안 알게 모르게 눌려 있던 몸안에 작은 세포들까지 자유롭게 해방된 느낌이었다. 짧은 시간에 수많은 생각들이 스쳤다. 다행히 주어진 삶의 시간에 어떤 일이라도 거뜬히 해낼 것 같은 자신감도 생겼다.

일상으로 돌아와 땅 위에 발을 딛는 순간 거짓말처럼 소름 끼칠 정도의 무서운 침묵에도 이젠 맞설 힘이 생긴 것 같아 든든했다. 그렇게 삶의 용기를 내어준 낙하산의 매력에 흠뻑 빠진 나는 마음의 여유가 생기니 간사하게도 다시 단톡방을 기웃거렸다. 보란 듯이 당당하게 낙하산을 타고 있는 사진 몇 장을 단톡방에 올렸다. 내친김에 다시금 심혈을 기울여 쓴 나만의 글도 올렸다. 그리곤 자꾸만 신경이 쓰여 핸드폰을 멀찌감치 두고 잠이 들었다.

다음날 아침, 잔뜩 기대하는 마음으로 조심스럽게 핸드폰을 열었다. 그런데 맙소사, 여전히 무반응의 텅 빈 공간이라니. 물거품이 되어 버린 기대심리가 안쓰러웠다. 괜찮은 척했지만 어느덧 그 침묵의 시간에 나도 합류하고 있었다.

어머니의 기도

불빛이 새어 나오지 않는다면 마을이 있는지조차 모르고 지나칠 수 있는 그곳. 곡성의 어느 자그마한 범죄 없는 마을에서 평생을 살아오신 어머니는 변함없이 7남매를 위해 기도하면서 하루를 여시곤 한다.

세월의 흐름 속에서 자연스럽게 젊은 사람들은 좀더 살기 편한 곳을 찾아 미련 없이 떠나버렸다. 그렇게 떠나버린 가가호호 빈 둥지의 어르신들은 적적한 삶이 일상이 되었고 마을의 부활은 일찌감치 체념한 듯 아무것도 바라지 않으시며 묵묵히 마을을 지키고 계셨다.

오래 전, 홀로 되신 어머니는 극동방송 라디오에서 흘러나오는 말씀에 의지하여 소통이 아닌 일방적인 메시지에도 감사하며 불평불만이 없으셨다. 그런데 어느 순간부터 마을에 사람 구경하기가 힘들어져 버린 세월이 야속하다면서 종종 원망에 가까운 말씀을 하시곤 했다.

그러던 어느 날이었다. 그 한적한 마을에 어디선가 왁자지껄 사람들이 떠드는 소리와 함께 깔깔거리며 웃는 소리가 들려왔다. 사람의 목소리가 반가웠기에 거동이 약간 불편하신 중에도 그곳을 향한 발걸음은 멈추질 않으셨다. 좀 가까이 가서 보니 젊은 사람들이 곧 떨어질 것만 같은 밤을 긴 막대기를 이용하여 따고 있었고, 아이들은 떨어진 밤을 밤 가시에 찔리지 않게 조심스럽게 바구니에 담고 있었다고 했다. 그 광경이 너무나 행복해 보여서 사랑스럽다고 말하려는 순간 사건이 터지고 말았다. 맙소사, 그렇게 밤 따는 장면을 넋을 잃고 올려다보다가 중심을 잡지 못하고 그만 힘없이 뒤로 넘어지신 것이었다. 어머니는 순간 당황하셔서 그 자리를 얼른 떠나고 싶다고 하셨다. 그런데 마음대로 몸이 움직여지지 않았고 옴짝달싹 못하는 상황을 보며 괜스레 부아가 치밀었다고 했다.

간신히 몸을 일으켜 세웠지만 허리 통증이 너무 심하여 다시 주저앉기를 반복할 수밖에 없었다고. 다행히 동네 사람들의 도움을 받아 간신히 병원에 가셨는데 엎친 데 덮친 격으로 몇 달 전에 부러졌던 갈비뼈가 다시 부러진 것이었다. 어머니의 표정은 어둠의 그늘이 숲을 이룬 듯했고 골이 패인 주름은 그날따라 유난히 더 깊어 보이셨다.

사실 나는 연락을 받자마자 웃어야 할지 울어야 할지 난감했다. 그런데 자꾸 어이없는 웃음이 나왔다. 그리고 목이 메였다.

어머니는 팔순이 훨씬 지난 연세에도 매일 새벽마다 자식들과 손자들을 위해 간절하게 기도하신다. 나는 그런 어머니의 신앙을 지인들에게 자랑삼아 이야기하곤 했다. 습관처럼 몸에 배인 기도의 삶으로 인해 일상에서 일어나는 모든 것에 감사하는 표현도 인색하지 않으시며 늘 현재의 삶에 만족하다 말씀하시곤 했다. 그런데 그날도 어김없이 기도를 하셨다는데 무척이나 서운하신 모양이었다. 예상치 못한 작은 사건으로 인해 몸도 마음도 지치고 아픔으로 채워져 버린 시간이 원망스럽다고 했다.

"날마다 그렇게 기도를 하는데 왜 늘그막까지 이렇게 고생을 하는지 원."

"쯧쯧, 무슨 팔자가 이 모양 이 꼴이라니."

땅이 꺼질 듯한 한숨 섞인 어머니의 볼멘소리를 처음으로 들었다. 오래전에 교통사고로 인하여 수개월 동안 고생했던 병원 생활이 지긋지긋했는데 다시 또 사방이 가로막힌 듯한 병원에 누워 있을 것을 생각하니 터질 듯한 답답함이 몰려와 심장을 압박하는 것 같다는 것이었다. 그렇게 투정하듯 말씀하셨지만 그 솔직함 속에는 왠지 따뜻한 인간미가 묻어나는 듯했다. 나는 예전과 다르게 반응하신 어머니의 마음을 위로해 드리려고 애를 썼다. 늘 바쁘다는 핑계로 자주 찾아뵙지 못한 후회와 아쉬움이 쓰나미처럼 밀려왔다.

숨이 막힐 듯한 병실에서 조그만 창문을 통해 하늘만 쳐다보고 계신 어머니의 눈가에 고인 눈물을 보았다. 가슴이 저며왔다. 무슨 생각을 저리도 깊이 하셨을까. 그런데 묻지 않아도 알 것 같았다. 그랬다. 잠깐의 불평이 다 지나가고 여전히 기도만이 살 길이라고 힘주어 말씀하신 어머니는 아직 움직이기 힘든 상황인데 그럼에도 불구하고 해야 할 기도가 산더미처럼 쌓였다면서 집으로 가고 싶다고 하셨다.

어쩌면 나와 나의 가족이 지금까지 잘 살고 있었던 것은 온전히 어머니의 기도 때문이라 해도 과언이 아닐 듯싶다. 그렇게 어머니의 기도는 세상의 무엇과도 비교할 수 없는 든든한 삶의 보험 같은 것이었다. 그 기도로 인해 평안함에 익숙해진 나는 어느 순간 기도 소리가 들리지 않는다면 불안할 것 같다. 찬바람이 뼛속까지 스며들기 전 속히 회복하셔서 다시 어머니의 살아 있는 기도 소리가 나의 삶에 울려 퍼지기를 잠잠히 기도한다.

"어머니, 더 이상 아프지 마시고 건강한 모습으로 오래오래 우리 곁에 계시길 이젠 부족한 제가 기도하겠습니다. 감사합니다. 그리고 사랑합니다."

멍때리기

바람에 날리는 낙엽을 볼 때마다 어김없이 나타나 마음을 흔들어 놓는 무엇이 있다. 혼자 뚜벅뚜벅 가려니 내 속에서 꿈틀거리는 그 무엇이 함께 가자며 반응해온다. 바람 따라 그렇게 소리 없이 찾아온 그 무엇을 어찌 외면하랴. 아주 오래 전부터 나에게 거머리처럼 달라붙어 좀처럼 떨어지질 않는데 그냥 보듬고 가야지 어쩌겠나 싶다.

언제부턴지 기억이 나진 않지만 내 삶의 한편에는 내가 살아내기 위해 자주 애용하는 것이 있다. 혼자 드라이브하는 것이다. 가끔 남편과 의견충돌이 있을 때, 지인들과 약속이 어긋났을 때, 그리고 불현듯 그 외로움이 뼛속까지 침투해올 때면 무작정 차를 몰고 목적 없이 나서곤 한다. 뚜렷한 목적이 없기에 앞만 보고 달리다 신호등의 반응을 감지하지 못하고 계속 직진하여 달리던 때도 여러 번이었다. 때때로 위험한 순간을 지나 안도의 숨을 쉬며 차가 멈추어선 그곳에서 한참 동안 멍하게 있다 보면 저절로 생각이 없는 세계로 빠져든다. 내 삶은 그렇게 또 살아져 간다.

그런데 오늘은 문득 도심에 있다는 이유로 더 자주 갔었던 카페에 가고 싶었다. 그곳은 내가 좋아하는 작가와 함께 작품과 인생과 사랑에 대한 이야기를 나누며 긍정의 에너지를 충전했던 곳이기도 하다. 혹시나 하여 순간순간 마주칠 때의 따뜻했던 시선을 두리번거리며 찾아보았으나 작가의 모습은 보이지 않았다. 진한 커피 한 잔과 마주한 테이블 위에 있는 작은 꽃병은 볼수록 매력적이었다. 은은한 불빛으로 채워진 그곳은 마치 엄마의 자궁 안에 있는 포근함처럼 아늑하여 혼자라는 사실을 까맣게 잊고 있었다. 그리움의 흔적을 찾아 점점 더 깊이 빠져드는 내내 얼굴엔 옅은 미소가 번졌다. 그 순간 그렇게 누구의 간섭도 터치도 없는 고요한 나만의 시간은 결코 돈으로도 살 수 없을 것 같다.

몇 년 전부터 서울에서 멍때리기 대회가 열렸다. 대회의 규

칙은 정해진 시간동안 아무것도 하지 않은 상태를 오래 유지하는 것이다. 멍때리는 시간에는 아무 생각 없이 넋을 놓고 있어야만 그나마 가능성이 있다. 멍때리기는 주인의 명령에 따라 바쁘게 움직이던 뇌를 잠깐이라도 쉬게 하는 방법 중에 하나이지만 나에겐 그보다 더 특별한 시간이 되곤 한다. 굳이 애쓰지 않아도 누구에게도 말하고 싶지 않은 비밀스러운 이야기가 스스로 정리가 되곤 하며 때때로 불쑥불쑥 올라오는 미움의 감정과 불안이 사라지곤 한다. 아이러니하게도 멍때리는 동안 무엇보다 바닥까지 내려갔던 무기력증이 믿기지 않을 정도로 다시 회복이 되곤 한다.

말하자면 그 시간은 누구에게도 간섭 받지 않기에 내 속 깊은 곳에 있는 오직 나만이 알 수 있는 진정한 나와 잠잠히 마주하는 시간이어서 좋다. 어쩌다 가끔은 스파를 하는 중에 멍때리기를 한적도 있다. 탁 트인 바다를 전경에 두고 입욕제를 풀어 놓은 스파 욕조에 가만히 전신을 담그고 있다 보면 그야말로 혼자만의 고요한 시간에 머물 수 있는 최상의 조건이 아닐까 싶다. 몽롱한 정신까지 맑아지는 것 같아 일석이조의 효과를 누린 셈이다.

그래도 그렇지. 꼬박 세 시간을 한마디의 말도 없이 혼자 앉아 있다는 것은 아마 어떤 신이어도 힘들어 했을 것만 같다. 멍때리기 대회의 시간도 세 시간 동안 아무 말도 하지 않는 것인데 어쩌면 내년 멍때리기 대회의 우승은 아마도 내가 되지 않을까라는 생각이 들자 나도 모르게 헛웃음이 나왔다.

아주 가끔 삶의 쓸쓸한 추억들은 내가 살아갈 또 다른 이유가 되곤 한다. 문득 오늘 만나지 못한 그리움의 소망은 왠지 내일의 나를 만나기까지 내편에 서서 기다릴 것만 같아 희망적이다. 뭉클해진 마음을 음미할 겨를도 없이 저녁 약속이 있다던 남편이 일찍 귀가하여 호출했다. 설마 시월의 마지막 밤이란 걸 알기라도 한 걸까. 양가감정의 혼란 속에서 나의 멍때리는 시간은 그렇게 강제종료로 끝나고 말았다.

천등에 소망을 담아

피곤함이 완전히 사라진 둘째 날 아침, 느지막이 일어나 커튼을 열어젖히자 대만의 하늘은 한없이 포근했다. 오늘은 천등 날리기를 하기로 한 날이다.

따스한 햇살의 유혹이 발걸음을 재촉하는데 거부하지 않았다. 서둘러 버스를 타고 그리고 또 기차를 타고 도착한 그곳, 그곳은 스펀의 작은 마을이었다. 약간 지칠 법도 하지만 그것은 기우에 불과했다. 스펀에서 소망을 담은 천등 날리기를 한다는 생각만으로도 심장 박동이 빠르게 뛰고 있다는 것이 충분히 감지될 정도였다.

기차 안에 있던 많은 사람들은 마치 천등을 날리기 위해 온 듯했다. 그들은 모두 비장한 각오가 있는 것처럼 내리자마자 목적지를 향해 묵묵히 흩어졌다. 우리 가족도 무언가에 홀리듯 많은 인파를 헤치며 천등 가게를 찾았다. 가게는 기찻길 옆 작은 마을 중간쯤에 있었다. 상기된 마음을 차분하게 가라앉히며 색깔마다 의미가 있다는 주인의 말에 솔깃하여 제법 신중하게 네 가지 색상을 선택했다. 노랑은 금전과 재물, 흰색은 미래, 빨강은 건강, 그리고 분홍은 행복과 즐거움이라는 의미를 담고 있다고 했다. 우리는 각자 마음에 드는 색상을 자유롭게 골랐다. 얼핏 보아도 천등의 크기가 1미터가 넘는 것 같았다. 생각보다 많이 컸다.

남편은 그동안 알게 모르게 사업의 어려운 고비를 지나오면서 만감이 교차한 듯, 잠시 마음을 가다듬고 노랑 바탕에 '무조건 사업 번창'이라고 빈틈없이 빽빽하게 적었다. 그랬다. 남편의 사업 번창은 곧 가족의 행복한 삶의 연결 통로 같은 것이었기에 더욱 간절했다.

그런대로 어려움 없이 순탄하게 살아온 아들은 흰색을 선택하여 '졸업 전에 취업하기'라고 적었다. 그 찰나에 평소에 보지 못했던 초조한 마음이 아들의 옆모습에 그대로 묻어났다. 나 또한 아들의 취업이 원하는 대로 되지 않을까 싶어 약간의 노파심에 떨고 있었다. 하지만 그 어떤 말도 부담이 될까 봐 조심스러웠다.

까칠하면서도 사랑스러운 딸은 분홍색 바탕에 비교적 가벼운 마음으로 '다음 가족여행은 미국으로!' 가고 싶다고 했다. 나는 딸의 소원을 듣는 순간 더이상 아무것도 보이지도 들리지도 않았다. 금방이라도 곧 갈 것처럼 마음이 들떠 버렸다.

"우리 언제 갈까? 내년 봄? 아님 너희들 마지막 여름방학 때?"

"……"

"울 엄마의 철은 도대체 어디를 간 거지?"

못 말리겠다는 가족의 따가운 시선이 동시에 나를 공격해왔다. 하지만 어쩌랴. 이게 또 나인 것을. 나는 겸연쩍은 미소를 띠우며 그 순간을 빨리 모면하고 싶었다.

드디어 내 차례였다. 술렁거리는 마음을 가다듬고 붓을 잡았지만 여전히 긴장되었다. 간절함이 너무 앞섰던 걸까. 빨강 바탕에 첫 글자를 적자마자 까만 먹물이 주르륵 흐르고 말았다. 먹물을 최대한 빼고 가볍게 써야 하는데 급한 마음이 문제였다. 나는 예상치 못한 상황에 당황하여 그만 쓰고 싶었다. 포기하겠다고 하니 아이들이 천천히 다시 쓰라면서 용기를 주었다. 그렇게 한 자 한 자 써내려 간 나의 소원은 아이들의 취업과 가족 건강 그리고 수필집 발간이었다. 참으로 무엇보다 절실했다. 그 어느 것도 놓칠 수 없었다.

발 디딜 틈이 없을 정도로 북적거린 철길 위에서 마침내 가족의 소망을 담은 천등을 하늘로 올려 보내야 할 시간이었다. 기찻길 위에 많은 사람들은 열차가 플랫폼에 멈춰 설 땐, 모두 뒤로 물러섰다가 기차가 지나가면 다시 우르르 나와서 각자 준비한 천등을 날리고 있었다. 하늘엔 이미 형형색색의 많은 천등으로 가득 차 있었다. 마치 세계 여러 나라의 풍선을 풀어 놓은 듯 다양한 언어를 담은 천등이 앞 다투어 오르고 있었다. 그랬다. 나라는 달라도 소망을 비는 간절한 마음은 국경을 넘어 모두가 한마음인 듯했다.

사면으로 소망이 가득 채워진 천등 밑 중간에 있는 기름종이에 불을 붙이는 순간, '와' 하는 우리의 작은 함성이 얼마나 우렁찼는지 모른다. 우리는 마지막 천등 앞에서 다양한 포즈를 취하면서 특별한 추억의 한 장면을 연출하곤 했다. 가족의 작은 소망을 비롯하여 행복을 비는 마음은 어떤 의식 같아 보였지만 우리의 행동은 매우 적극적이었다.

그렇게 우리 가족이 한마음으로 꼭 붙잡고 있던 소망을 담은 천등을 동시에 손에서 놓았더니 열기구처럼 하늘을 향해 날아오른다. 따스한 불빛을 품은 천등의 모습은 마치 엄마의 품속 같았다. 뭔지 모를 안정감이 내면 깊숙이 들어와 편안한 쉼을 주는 듯했다.

우리는 대략 15분 정도 거침없이 날아오른다는 천등이 혹시라도 부딪혀서 떨어질까 싶어 긴장을 늦추지 못한 채, 가슴에 두 손을 모으고 무사히 하늘 끝에 다다르기를 뚫어지게 쳐다보았다. 뒷목에 뻐근함이 잠시 느껴지고 다리에 힘이 빠져 하마터면 넘어질 뻔한 상황에 뭔지 모를 울컥함이 스쳤다.

"아들, 딸 너무 걱정하지 말고 너희들이 좋아하는 일을 통해 행복했으면 좋겠다."

"네. 아빠도 사업이 잘 되길 바랄게요. 엄마는 수필집 대박 날 거라 믿어요."

우린 누가 먼저랄 것도 없이 서로를 그렇게 위로하며 격려를 아끼지 않았다.

천등이 시야에서 완전히 사라짐을 확인하자 약간의 허탈함과 함께 그제서야 허기가 느껴졌다. 우리는 매콤한 향기가 코끝을 자극하는 닭날개 볶음밥과 달콤하고 고소한 땅콩 아이스크림을 먹었다. 입가에 자꾸만 미련이 남아 아이스크림을 한

개 더 주문하는 사이 아뿔싸! 기차를 놓치고 말았다.

어느새 어둠이 내려앉은 기찻길의 은은한 불빛을 따라 한동안 그렇게 걸었다. 남편은 아들과 어깨동무를 하며 무슨 얘기를 하는지 가끔 큰소리로 웃기도 하며 진지한 대화를 나누는 것 같았다. 나는 오랜만에 딸과 팔짱을 낀 채 나란히 걸으며 수다 삼매경에 빠지니 그야말로 소소한 행복이 내 안에 통째로 들어온 느낌이었다.

그랬다. 나는 해마다 새해가 되면 가족의 소망을 담아 내가 믿는 신에게 빌곤 했다. 그런데 이번에는 조금 특별했다. 남편의 사업, 뿐만 아니라 아이들의 대학 졸업이 다가오자 취업이 걱정되었다. 피할 수 없는 현실 앞에서 마음이 무거웠다. 그래서 그 어느 때보다도 더 간절했는지 모른다. 아니 곰곰이 생각해보니 어쩌면 내가 아이들의 낙심과 좌절을 감당할 수 없어서 그렇게 간절하게 비는 건 아니었는지 모를 일이었다.

세상의 모든 엄마들은 자신의 미래보다 자녀의 미래에 대한 소망을 기회가 올 때마다 무의식적으로 빌게 되는 건 아닌지. 문득 올해 일흔일곱 되신 우리 엄마도 그 당시 자녀들의 취업 앞에서 그렇게 알게 모르게 간절하게 빌었으리라는 것을 내 나이 오십이 되어 이제야 깨달은 것 같다. 어쩌면 그로 인해 지금까지 비교적 안정된 삶을 살고 있다는 것을, 훗날 우리 아이들도 알게 되기를 바라는 마음이 결코 욕심이 아니었으면 좋겠다는 생각이 든다.

여행을 마치고 돌아오면서 아들이 귓속말을 했다. 대만에 오는 이유가 다른 어떤 것보다도 "소망을 담은 천등 날리기" 때문이었다고. 나는 충분히 이해되었다.

어쩌면 작정하듯 그렇게라도 소망을 적고 싶었던 간절함 속에는 어떤 다짐 같은 것이 들어 있었다는 걸 어렴풋이 알게 되었다. 그 마음을 알기에 차마 내색할 수 없는 안쓰러움과 아린 마음이 내 마음 중심에서 미동도 하지 못한 채 가만히 서 있는 듯했다. 매사에 긍정의 마인드로 살아왔던 아들인데도 그만큼 현실로 다가온 취업의 문제가 부담스러웠던 것 같다. 하지만 이제 걱정하지 않을 거란다. 노력의 시간에 비례하여 여러 모양으로 좋은 기류가 흐르는 걸 믿고 싶다고 했다. 덕분에 무거운 마음이 한결 가벼워졌다. 남편의 표정도 밝아졌다. 그 와중에 우린 어쩌면 딸의 소망이 제일 먼저 이루어질 것 같다면서 동심으로 돌아간 듯 한껏 기대에 부풀었다.

12월의 끝자락은 그렇게 우리 가족에게 또 다른 희망을 선물로 주었다.

4부

버
스
를
타
고

그대와 함께 춤을

어릴 적 소풍날이 다가오면 비 오지 않기를 얼마나 간절하게 기도했는지 모른다. 그 간절한 마음이 내 안에서 다시금 스멀스멀 꿈틀거리며 올라온다. 초등학교 졸업 후, 거의 37년만인 듯싶다. 소풍이라는 이름만으로 가슴이 벌렁벌렁하며 잠을 설치곤 했다. 참으로 오랜만에 느껴보는 이 설렘이 마치 그 당시로 거슬러 올라간 듯, 나는 한껏 상기되었다.

4월 29일. 푸르디푸른 들판을 지나 간간이 청보리밭의 추억을 떠올리며 전국 곳곳에서 한 명 두 명 모여들었다. 우린 세상에서 가장 편안하고 안전한 초등학교 동창이란 이름으로 서로를 반겼다. 그날은 동창회 창립 후 첫 소풍날이었다. 카메라가 귀했던 소풍날 흔적은 부끄러움과 수줍은 표정이 그대로 담겨 있는 흑백사진 몇 장이 전부였다. 그렇게 얼굴이 보일 듯 말 듯 한 흑백사진 속의 모델들이 마치 약속이나 한 듯, 한껏 폼 나게 차려 입고 카메라 앞에 섰다. 나는 자원하여 아마추어 일일 사진작가가 되기로 했다.

그 시절 소풍날처럼 무리를 지어 순천만 습지로 들어갔다. 초록의 잔디를 보는 눈빛들이 반짝거렸다. 부인할 수 없는 삶의 힘듦이 고스란히 묻어났던 얼굴들이었는데 어느새 탐스럽게 활짝 핀 보랏빛 수국을 닮아 있었다. 마치 추억이 특효약이나 되는 것처럼.

너나 할 것 없이 현실에 묶인 이기적인 생각들을 잠시 내려놓고 체면 따윈 아예 무시하면서 가벼운 함성을 지르며 잔디 위에 벌러덩 누웠다. 편안하고 행복한 모습이 주렁주렁 우리 곁에 머무는 것 같았다. 그런데 굳이 말하지 않아도 세월 앞에서 이미 무거워진 지친 몸은 일어날 줄 모르고 누운 채로 놀고 싶단 욕구를 여기저기서 표정으로 말하곤 했다. 꼭 그 마음을 이해라도 하는 양 한 조각의 구름은 우릴 보며 끄덕끄덕 맞장구를 쳐주었다. 참으로 오랜만에 꾸밈없는 다양한 표정들을 보는 내내 즐거웠다. 우리는 더이상 내세울 것도 감출 것도 없는 자유로움 속으로 점점 더 깊이 빠져들었다.

자연 속에 유유자적 나를 맡기며 웃는 가운데 치유가 일어 나듯 내 안에 작은 변화의 꿈틀거림이 감지되었다. 사실 난 사랑을 포함하여 모든 것을 받을 줄만 알았다. 그런데 일일 사진 작가의 역할을 감당하면서 오롯이 나를 통해 아주 작은 사랑 이 그들에게 흘러들어갈 때 참으로 행복함을 온몸으로 느끼곤 했다. 모처럼 사랑은 받는 것보다 주는 것이 더 큰 행복이라는 것을 실행하고 있는 것 같아 뿌듯했다. 모든 찰나의 순간에서 목젖이 다 보이도록 박장대소하며 웃던 그들의 표정들을 먼 저 눈으로 찍고, 그리곤 가슴 깊은 곳에 아낌없이 담아두었다. 아마도 그 장면들은 내가 사는 날 동안 충분한 에너지가 될 것 같아 든든했다.

장소를 옮겨 드디어 소풍의 하이라이트 시간이었다. 어디선 가 시끌벅적한 틈을 타고 추억의 팝송이 귓가를 자극하며 유 혹해왔다. 우린 누가 먼저랄 것도 없이 동시에 일어나 한꺼번 에 우르르 음악이 들리는 곳으로 이동했다. 추억이 새록새록 살아날 것만 같은 '순천 드라마 촬영장' 안에 있는 촌스러운 고 고장에서 흘러나온 음악이었다.

모든 감각기관이 제대로 물 만난 듯 꿈틀거리고 주춤하던 엔도르핀은 급속도로 상승되었다. 분위기는 극에 달아올랐고 우린 자연스럽게 귀에 익은 음악에 맞춰 리듬을 탔다.

"얘들아, 우리 이왕 즐기는 거 교복 대여해서 입고 신나게 한 번 놀아 볼까?"

"오, 그거 완전 좋은 생각이야."

잠시도 머뭇거릴 틈 없이 모두가 동의하여 교복을 입고 다시 고고장 안으로 입장했다.

그곳은 분명 관람객 모두가 공유해야 할 장소인데 우연찮게 우리가 잠시 점유하고 말았다. 그럼에도 불구하고 흥이 넘치는 사람들은 가던 길을 멈추고선 디스코 음악에 맞춰 자연스럽게 우리들 틈에 합류하곤 했다. 그렇게 뜨겁게 달아오른 분위기는 식을 줄 몰랐다. 여러 가지 삶의 이유로 무의식 속에 눌려 있던 감정들이 살아나면서 이제야 가면이 온전히 벗겨지는 것 같았다.

마침내 한 사람씩 끼를 발산하는 독무대가 펼쳐졌다. 교복을 입은 채 고고장 댄스 배틀이 시작된 것이다. 첫 번째로 초등학교 동창회에 듬직하게 자리매김하고 있던 근이가 입술을 꽉 깨물고 춤까지도 장악하려는 듯 집중적으로 달려들었다. 이에 질세라 무대를 들었다 놨다 하는 옥이는 주위의 시선에도 아랑곳하지 않고 점점 무아지경에 빠져들었다.

뿐만 아니라 바쁜 사업으로 인해 생긴 스트레스를 맘껏 풀고 있는 현이와 동창회에서 여장부로 통하는 순이와의 부비부비는 정말 환상적이었다. 한때는 정말 잘 놀았을 거 같은 느낌을 살려 적극적으로 들이대는 웅이의 모습은 의외로 멋졌다.

분위기가 최고의 절정에 다다를 즈음, 나는 들고 있던 카메라를 팽개치고 무대 안으로 들어갔다. 무언가에 홀린 듯, 좋아했던 음악에 취해 때론 부드럽게 때론 격하게 춤을 추었다. 어쩌면 어릴 적 소풍 날, 장기자랑 시간에 아무것도 하지 못했던 아쉬움이 저 깊은 무의식으로부터 표출되어 나오는 것은 아니었는지. 이유야 어떻든 통쾌했다. 내 안에 단단하게 갇혀 있던 체면과 오래된 슬픈 감정들이 마치 일탈이라도 한 듯, 그렇게 난 그것들로부터 한없이 자유롭고 싶었다. 잔상에 남아 있는 매우 흡족한 여운이 한동안 내 가슴에 따스하게 머물렀다.

짧은 커트 머리에 교복이 너무 잘 어울렸던 송이는 앙증맞은 엉덩이춤으로 누굴 유혹했을까. 언제나 흐뭇한 미소로 다가와 가끔 소리 없이 사라져 버린 성이는 이번에는 끝까지 남아 무대를 즐겼다. 약간 소심한 듯 무대 뒤에서 누군가를 애절한 눈빛으로 바라보았던 석이. 몸의 유연함을 따라 올 자가 없을 만큼 뛰어난 춤의 실력자인 숙이와 눈을 지그시 내리 깔고 단번에 시선을 사로잡아 버린 란이의 춤 솜씨도 놀라웠다.

전교회장이라는 완장이 몸에 딱 달라붙는다면서 마치 진짜 회장이라도 된 듯, 평소와 다르게 팔짱을 끼고 체면만 지키고 있던 희. 소풍엔 참여하였으나 바쁜 일로 인하여 고고장 출입을 하지 못했던 현, 윤, 길, 영, 섭이까지. 그들은 그야말로 무엇과도 바꿀 수 없는 참으로 소중하고 특별한 소풍 멤버들이었다. 그동안 주체할 수 없는 개개인의 끼들을 어디에 보관하며 살았는지 의문이 생길 정도였다.

그렇게 고고장에서 터져나왔던 호탕한 웃음은 그 어떤 보약보다도 효능이 뛰어난 만병통치약인 듯했다. 덕분에 스트레스는 제로, 컨디션은 최상이었다. 어떤 비바람에도 흔들리지 않는 견고한 프레임 속에 이젠 흑백이 아닌 각양각색의 재미난 특징으로 채워진 흔적들은 세상 끝나는 날까지 나를 더욱 웃음 짓게 할 것 같다.

마침내 그날, 우리에게 주어진 소풍의 시간이 끝나고 다시 일상으로 돌아갈 채비를 하는 그들을 위해 나는 렌즈를 덮고 주문을 건다.

쉼

가족 모두 각자의 생활에 조금 지쳐 있는 상태라서 뭔가 조치를 취해야만 할 것 같았다. 무엇보다 우선적으로 쉼이 필요했다.

남편은 사업의 재정난으로 인하여 엄청난 스트레스를 받고 있던 터였다. 아들은 최선을 다했지만 원하는 만큼 수능 성적이 나오지 않았다며 절망하고 있었다. 다행히 딸은 원하는 특목고에 합격을 한 상태였다. 하지만 입시를 준비하는 동안 스트레스가 온몸에 퍼진 것 같다며 좀 쉬기를 원했다. 옆에서 모든 상황을 지켜봐야 했던 나는 매일 극심한 불안에 시달렸다. 생각할수록 가족 모두에게 지금이 가장 적절한 쉼의 타이밍

같았다. 그런데 갑자기 아들이 안 간다고 했다. 시험 결과가 나오지 않아 마음이 편하지 않다는 게 이유였다. 일주일 정도 딸과 함께 설득하여 마침내 짐을 챙기게 되었다.

그 당시 실질적으로 경제적인 여유가 있는 것은 아니었다. 그렇지만 어떠한 방법으로든 새로운 에너지를 충전해야만 다시 내일을 살 것 같았다. 그날 밤 남편은 가족회의를 소집한 후 조용히 말했다. 어차피 쉬는 게 목적이라면 좀 따뜻한 곳에서 자유로움을 충분히 즐길 수 있는 곳으로 가고 싶다고.

남편의 의견을 존중하여 쉼의 장소는 발리로 결정했다. 이왕 가는 거 좀 무리를 하여 숙소는 수영장이 갖춰 있는 단독 풀빌라였다.

그야말로 누구의 간섭도 없는 자유로움 속에서 일어나자마자 우리 가족전용 수영장으로 풍덩 뛰어들었다. 가벼운 물장난에서부터 수중게임, 수영대회까지 시간 가는 줄 모르고 즐겼다. 그렇게 정신없이 물속에서 노는 사이 우리의 노출된 피부는 엄청난 쓰라림을 맛보아야 했다. 그럼에도 불구하고 우리의 표정은 밝음 그 자체였다. 덕분에 가족의 얼굴엔 근심이 사라지고 조금씩 에너지가 채워지는 듯했다.

그 행복의 순간을 고스란히 가슴에 담아둔 채 먹는 즐거움을 찾아 나섰다. 우리는 석양이 참으로 아름다운 곳, 짐바란에서 파란 바다를 마주하며 특별한 식사를 했다. 수평선 너머에서부터 잔잔히 불어오는 바람과 함께 와인 한 잔을 곁들이며.

우리의 오장육부가 호강을 경험하는 순간이었다. 이 행복을 어디에 어떻게 다 담을까 고민이 될 정도였다. 어디 그 뿐일까, 쓰나미처럼 밀려오는 감동에 터질 것만 같은 심장을 진정시키기가 무척이나 힘들었다.

다음날 기분 좋은 예감을 둘러메고 한국에서 즐기는 래프팅과 또 다른 매력을 기대하며 래프팅 타는 곳에 도착했다. 우리 가족은 이왕 왔으니 발리의 아름다운 자연과 더불어 래프팅을 통해 새로운 도전과 스릴을 제대로 화끈하게 즐기려는 참이었다. 그런데 우리의 멋진 상상과 달리 계곡에는 물이 많이 없었다. 심지어 어느 구간은 보트를 들고 가야 할 정도였다. 완전 실망이었다. 날씨가 습하고 더웠기에 더 빨리 지쳐버렸다. 그렇다고 다시 숙소로 돌아갈 수도 없는 상황이었다. 급기야 서로 눈치만 보는 침묵의 시간도 한계에 이르렀다.

우리의 소망은 시원한 계곡을 따라 거침없이 내려갈 때의 짜릿함과 온전한 스릴을 제대로 느끼면서 마구마구 소리치는 가운데 모든 스트레스를 다 날려버리고 싶었는데. 그래서 그 빈자리에 새로운 에너지를 넘치도록 채우고 싶었는데.

'아, 결국 이대로 끝나는 건가?' 초조했다. 정말 많이 아쉬웠다. 가족 모두는 이미 웃음을 잃어버렸고 굳어진 얼굴은 좀처럼 회복되지 않았다.

하지만 얼마큼의 시간이 지났을까. 하늘이 우리의 투정을 듣고 물을 선물이라도 하는 것처럼 마침내 물이 가득 찬 계곡이 나타났다. 너무 흥분한 탓에 남편의 발이 보트 밖으로 빠져 하마터면 큰일을 당할 뻔하기도 했다. 남편은 가족의 힘으로 간신히 보트에 다시 올라탔다. 우리는 기회를 놓칠 세라 마음을 모아 힘차게 노를 저었다. 짜릿하고 통쾌했다. 묵은 체증이 이제야 다 내려간 듯 환호를 외치며 행복의 순간을 제대로 만끽하며 즐겼다. 얼굴엔 다시 환한 미소가 피어났다. 순식간에 일어나는 감정 변화에 좌지우지하는 모습을 보니 조금 간사한 생각이 들곤 했다.

가족이란 각자 있는 그곳에서 서로 믿어주고 기다려주는 가운데 보이지 않는 끈끈함으로 단단히 묶여 있는 것 같다. 그래서 더욱 강력한 파워가 느껴지는 든든한 존재가 아닐까 싶다.

쉼의 시간을 마무리할 즈음 아들과 딸의 표정이 환하게 빛이 났다. 아들은 발리에서 새로운 추억들과 경험을 통하여 불안했던 마음이 안정되었다면서 엄지를 치켜세웠다. 그리곤 어떤 결과에도 당당하게 맞설 수 있는 자신감이 생겼다고 한다.

기막히게 절묘한 타이밍에 남편의 전화벨이 울렸다. 하얀 치아가 도드라지게 보이도록 호탕하게 웃던 남편은 서둘러 짐을 챙겼다. 다행히 서울에선 뜻밖의 좋은 소식들이 기다리고 있었다.

버스를 타고

　나는 삶의 버거움이 느껴질 때면 무작정 버스를 타고 어디론가 훌쩍 떠나곤 했다. 목적지를 정하지 않은 채 그날의 마음 상태에 따라 속상하고 답답한 마음을 위로 받고 싶은 까닭에 무작정 버스에 올랐던 것이다. 종종 그랬다. 그런데 이번에는 비교적 거리가 먼 곳으로 떠나고 싶어 고흥 가는 버스에 몸을 실었다.

　나는 맨 뒷좌석에 앉았다. 다양한 사람들이 시간에 맞춰 종종걸음으로 다가왔다. 커피 한 잔을 들고 배낭을 짊어진 채 버스에 오른 어느 이름 모를 청년, 젊음 그 자체만으로도 아름다워 보이는 연인들, 그리고 삶의 무게를 잴 수 없을 만큼 열심히 사셨을 것만 같은 새까만 얼굴을 가진 아주머니, 몇 번씩 좌석 확인을 부탁하고 나서야 자리에 앉으시는 할아버지 등 등. 참으로 다양한 모습으로 그들은 그렇게 버스에 올랐다.

출발하기 직전 분주한 모습으로 헐레벌떡 뛰어오는 중년 부부가 바로 내 앞 자리에 앉았다. 그들은 자리에 앉자마자 서로의 얼굴을 바라보며 옥신각신 말다툼을 했다. 그러다 조금씩 언성이 높아지곤 했다. 나는 살짝 불안했다. 그런데 남의 일 같지가 않았다. 어디선가 본 듯한 익숙한 광경이었다. 바로 내 모습이었다. 나도 가끔 주위 시선을 의식하지 않고 공격적인 발언으로 남편과 부딪혔던 사건이 떠올라서 얼굴이 화끈거렸다. 순간 너무 부끄러웠다.

그런데 버스 안에 있는 사람들은 무슨 생각을 하며 어디로 가는 것일까. 버스가 움직이기 시작하면서 그들은 가장 편안한 자세를 취하며 마치 약속이나 한 듯이 동시에 뚫어지게 창 밖을 응시하곤 했다. 그러다 그들은 소리 없이 눈을 감았다.

그날은 마침 비가 내렸다. 나는 눈을 지그시 감고 그저 창문에 부딪히는 빗소리에 집중했다. 빗소리에 몰입이 깊어질수록 내 마음은 한없이 고요했다. 긴 호흡을 하며 잠잠히 고요 속에 머물러 있는 나에게 위로의 말을 건네고 싶었다. 그런데 말을 꺼내기도 전 질주하는 버스 유리창에 비친 나의 어두운 얼굴 표정이 내내 마음에 걸렸다. 요사이 부쩍 사람과의 관계의 소중함을 느끼고 있었던 터라 신중하게 살피게 되었다. 얼마 전 어느 모임에서 친한 지인과 감정의 충돌이 일어났던 사건이 떠올라 마음이 울적했다. 서로의 배려가 부족했던 것을 뒤늦게 알아차리긴 했지만 그로 인한 씁쓸한 웃음은 오래오래 잔상에 남았다. 이어폰에서 흘러나온 감미로운 음악을 감상하다 그만 깜박 잠이 들었다. 잠깐이었지만 제법 잔 것 같다.

잠에서 깨어보니 비는 그치고 마음은 새털처럼 가벼워 삶의 여유로움도 생긴 것 같아 매우 만족스러웠다. 바로 그때 창밖으로 빠르게 스쳐가는 모든 것들이 아름다워 보였다. 그리 화려하진 않아도 수수함 자체만으로 매력을 충분히 어필하는 것 같아 맘에 쏙 들었다. 길가의 작은 꽃들은 그렇게 당당하게 나의 시선을 사로잡았다. 억센 비나 세찬 바람에도 흔들림 없이 계절마다 가장 아름다운 옷을 입고 서 있는 것만으로도 마음의 편안함을 느끼게 하는 나무들도 멋스러웠다.

어디 그뿐이던가. 전망이 탁 트인 도로를 달리다 보면 어김없이 나타나는 길고 긴 터널은 또 어떤가. 나는 터널을 통과할 때마다 많은 생각에 잠기곤 한다.

사방이 가로막혀 있어 답답하기만 한 터널에서는 누구나 속히 빠져나가기를 원한다. 잠시라도 그 안에 머물러야 하는 상황이 생긴다면 숨이 막힐 지경에 이른다. 어쩔 수 없이 차분한 마음으로 기다릴 수밖에 없는 상황을 자연스럽게 받아들이기도 한다. 그렇게 길고 긴 어둠의 끝자락에서 마침내 드러내는 밝은 빛과 마주하는 순간 나도 모르게 엄청난 환호가 터져 나온다.

나의 삶도 그러한 듯하다. 때때로 칠흑 같은 어둠 속에서 얼마나 많은 시간을 홀로 방황했던가. 하지만 지금은 환한 웃음소리가 내 삶에서 멈추질 않는다. 외로움을 이겨낸 기다림이 주는 선물이었다.

어쩌면 우리가 사는 모든 인생도 마찬가지 아닐까 싶다. 살다 보면 힘들고 어려운 일들이 감히 올라갈 수도 없을 만큼 높은 산을 이루곤 한다. 하지만 그 또한 시간이 지나고 나면 마치 터널 밖의 세상처럼 분명 밝음으로 마주할 날이 올 것이다. 그러니 실망할 것도 좌절할 것도 없지 않은가. 마음의 조급함을 버리고 좀 더디 가도 괜찮음을 인정하는 것도 좋을 듯하다.

무려 4시간 30분 이상을 쉼 없이 달려왔다. 드디어 고흥이다. 작은 터미널 안에서 고향의 정겨움이 나를 반긴다. 비록

화려하고 세련된 도시는 아닐지라도 왠지 행복지수는 최고일
것만 같은 평화로운 그곳. 나는 그곳이 좋다. 얼만큼 머무르다
갈지는 알 수 없지만 헛헛한 마음이 금세 사그라질 것 같은 상
상을 해본다.

고흥의 밤하늘엔 별들이 유난히 밝게 빛나는 것 같다. 그
밤, 고즈넉한 밤의 적막을 깨트려 나만의 특별한 시간을 밤 바
구니에 살포시 담아본다.

지름신의 강림

"아휴, 도대체 일천만 원을 다 어디에 쓴 거야?"

"그래도 나를 위해 쓴 것은 하나도 없네요."

부끄럽기도 하고 화가 나기도 했다. 그냥 조용히 쥐구멍이라도 있으면 들어가고 싶었다. 가끔 지름신이 강림할 때면 제어가 되지 않아 이 지경에 이르렀다. 누굴 원망하고 탓하랴.

결혼 후 전업주부로 살면서 아이들 육아와 집안 살림은 전적으로 내 몫이었다. 네 식구가 박봉으로 빠듯이 살아가다보면 순간순간 짜증이 나고 지치기도 했다. 아무리 머리를 쥐어짜보아도 매월 적자였으니 허탈함뿐일 때가 비일비재했다. 그

와중에도 남편은 아껴 쓰라면서 오히려 큰소리 치곤했다. 무얼 어떻게 더 아껴야 하는지 생각할수록 숨이 탁 막혔다.

그나마도 나를 위해 쓴 것은 전혀 없고 오직 남편과 아이들 그리고 가정 살림을 위한 지출뿐이었다. 매순간 경제적으로 힘들 때마다 내가 이러려고 결혼을 했나 자괴감이 들곤 했다.

그러던 어느 날, 결국 경제적인 이유로 부부싸움을 심하게 하고 말았다. 괜히 억울한 마음에 화가 치밀어오름을 주체할 수 없었다. 마음을 추스르기 위해 아이쇼핑이나 할 겸 백화점으로 갔다. 그런데 맙소사, 내 속에서 강하고 빠르게 나를 조종하는 뭔가가 있었다. 마치 그동안 제대로 누리지 못한 나의 삶을 위로라도 하듯 친절하게 다가와 속삭였다. '인생 뭐 있니, 그렇게 아등바등 살 필요 없어. 너 자신을 위해 사는 거야.' '맞아, 그렇지.' 마치 정답을 알려주듯 달콤한 속임수를 가장한 첫 지름신이 내게 들어왔다.

팔랑귀를 가진 나는 그럴듯하게 유혹하는 순간을 잠깐의 망설임도 없이 그대로 인정하며 오히려 그 시간을 놓칠세라 당당하게 받아들였다. 당연히 뒷일은 생각하지 않았다. 그때부터 오직 나를 위한 쇼핑을 하기로 마음먹었다. 내친김에 가을 원피스와 평소에 입고 싶었던 짧은 가죽 재킷을 고민하지 않고 단번에 샀다. 백화점에서 나만을 위한 고가의 지출이 결혼 3년 만에 처음이지 싶다. 그리곤 다시 나의 발걸음은 살림코너로 향했다. 어쩔 수 없는 주부였다. 이참에 지름신의 강림이 임할 때 평소에 남편 눈치 보느라 교체하지 못했던 가전제품까지 마음껏 지르고 나서야 마음이 좀 풀린 듯했다. 짜릿하고 후련했다.

그렇게 원하는 대로 질렀으니 나를 위한 보상에 대한 만족함이 영원할 줄 알았는데 의외로 잠깐인 것 같아 당황스러웠다. 그랬다. 후폭풍이 있을 거란 예상을 하지 못한 것은 아니었다. 다만 이렇게 빨리 올 줄을 미처 생각하지 못했을 뿐이었다. 그런데 아무리 생각해봐도 다른 방법이 없었다. 그렇다고 남편한테 곧바로 도움을 청하자니 자존심이 상했다. 어떻게든 혼자 해결할 생각이었기에 지름신의 강림이 무섭지 않았다. 그런데, 그런데 말이다. 날이 갈수록 지름신은 시도 때도 없이 찾아왔다. 마치 제 집 드나들 듯 들어와선 도무지 나갈 생각을 안했다. 이미 습관이 되어 버린 듯했다.

어느 순간부터 그렇게 쇼핑으로 스트레스를 해소했던 것 같다. 결국 카드 돌려막기를 하다가 그마저도 여의치 않아 대출을 받아서 해결하려 했다. 그 덕분(?)에 남편이 모른 대출이 일천만 원이 되었다. 어쩌다가 여기까지 왔는지 기가 막힐 노릇이었다. 문득문득 빚을 갚아야 하는 부담이 삶의 버거움으로 밀려올 땐 상실감에 빠져 무기력해지는 날도 부지기수였다. 버틸 힘조차 빼앗겨버린 이기적인 행동 앞에서 나는 속수무책이었다.

결혼 십년 째 되는 해, 남편이 사업하기 위해 대출 상담을 하다가 결국 모든 것이 들통 나고 말았다. 어차피 혼자 해결하지 못할 바엔 차라리 도움을 요청할 걸, 그 알량한 자존심 때문에 몇 년을 숨죽이며 살았는지 모른다.

"그동안 숨기느라 고생했어. 바보같이 왜 말 안했어?"

"혼날까봐 그랬지. 내가 어떻게든 다 갚으려고 했는데 미안해. 그래도 2백만 원 정도는 갚았잖아. 잘했지?"

"참나, 솔직히 말해봐. 다른 대출 또 있는 거 아냐?"

"맹세코 더이상 없어. 진짜야."

의외로 남편은 화를 내지 않았다. 이제야 마음이 홀가분해졌다. 목구멍까지 차오른 체증이 단번에 내려간 느낌이었다. 날마다 위태위태하던 나의 감정상태도 빠르게 안정된 궤도 안으로 들어왔다.

지름신의 강림에 민감하게 반응하던 삶의 순간들이 이젠 성령 강림으로 변화되길 잠잠히 기대해본다.

짜릿한 외출

하필이면 그날, 그날은 몹시 추웠다. 결혼 후 처음이지 싶다. 남편으로부터 특별한 선물을 받은 날, 친구와 둘이서 함께하기로 한 외출이었다. 청량리역에서 경춘선행 기차에 몸을 실었다. 마침 밤새 내린 눈 때문에 우리의 눈과 마음은 온전한 호강을 누리다시피 했다. 창밖으로 병풍처럼 펼쳐지는 그림 같은 하얀 풍경들은 장관 그 자체였다.

늘 분주한 삶 속에 찌들어 있던 나는 평온함에 빠져들자 신세계를 만난 듯 기분은 최상이었다. 일상에서의 탈출은 많은 것을 보고 느끼게 하며 특별히 살아 있는 현장의 순간들을 보는 듯했다. 나와 다름을 인정하면서 그럼에도 불구하고 함께 공감할 수 있다는 것은 서로에 대한 배려가 없이는 불가능하다는 생각이 들곤 했다. 그러다 문득 자기주장이 강하게 드러날 때도 있다. 때론 티격태격 부딪히기도 한다. 그런 과정을 겪어오면서 여기까지 왔다. 그래도 아직은 내가 싫지 않은 모양이었다. 우린 지나온 날들을 가만히 떠올려보면서 마음은 여전히 하나인 채 곧 남이섬에 도착하였다.

일렬로 늘어선 얼음나무 사이사이마다 온통 하얀 눈으로 뒤덮인 남이섬은 눈이 부실 정도로 아름다웠다. 하얀 겨울에 찾아온 우리를 더욱 사랑스럽게 맞이해 주는 것 같았다. 마치 특별대우를 받는 느낌이었다. 파릇파릇 싹이 나고 꽃이 피는 그때에도, 노오란 은행잎이 가을비에 촉촉이 젖어 드는 그때에도 한 번도 경험하지 못했기에 그 특별함을 잊을 수가 없다.

우린 서로의 눈빛이 마주침과 동시에 눈덩이를 만들기 시작했다. 오랜만에 동심으로 돌아간 듯 정신없이 눈싸움을 했다. 마음처럼 몸이 따라 주질 않아 한 번 넘어지면 일어날 줄 몰랐다. 일어나려고 애쓰는 모습이 처절하리만큼 안타까우면서도 웃겼다. 까르르 까르르 웃는 소리에 힘을 내어 보지만 쉽지 않았다. 무심하게 흘러버린 세월이 야속했다.

옷과 신발이 축축하게 젖었는데도 눈 속에서의 여유로움을 더 즐기고 싶었다. 도저히 본래의 길을 찾을 수 없을 만큼 쌓인 눈길을 사각사각 밟으며 손을 꼭 잡고 걸었다. 우리의 추억들도 그곳에 차곡차곡 쌓여지길 기도하면서 그렇게.

한참동안 포근한 눈길에 매료되어 걷던 중 메타세쿼이어 길 앞에서 잠시 발걸음을 멈췄다. 그리곤 하늘을 올려다 보았다. 왠지 하늘도 우릴 축복해 주는 것 같아 무한 감사를 드리고 싶었다.

날이 저물기 전 강가 산책길이 있는 곳으로 이동했다. 멀리 강 위로 펼쳐지는 수채화 같은 풍경들을 마주할 땐 심장이 멎을 것만 같았다. 황홀한 순간을 딱히 다른 곳에 담을 길이 없어 한 장면 한 장면을 있는 그대로 가슴에 새겨 두었다. 몰입의 시간을 충분히 가질 수 있도록 최대한 배려하고 싶은 마음이 이심전심으로 통했던 것일까. 우린 마치 약속이나 한 것처럼 제법 오랫동안 그곳에 머물렀다.

얼마만큼 나를 위한 침묵의 시간이 흘렀을까. 섬 자체가 온통 하얗기만 하던 그 곳에도 어느새 어둠이 찾아오고 있었다. 배고픔을 잊고 있던 우리는 늦은 저녁으로 소고기 버섯전골을 먹은 후 호텔에서 짐을 풀었다.

둘이 한 공간에 있는 것은 처음이었다. 약간의 어색함은 잠깐이었고 금세 수다에 빠져들었다. 그런데 친구는 뜻밖의 고백을 했다. 동성 친구였지만 몇 년 전에 나를 제대로 알고부터 지금까지 변함없이 좋아한다고 했다. 나는 약간 당황스러웠다. 부담되었지만 싫지는 않았다. 그렇다고 동성애는 아니니 절대 오해하지 않기를 바라며. 누군가의 관심, 누군가의 사랑을 받는다는 것은 참으로 행복한 일임에 틀림이 없는 것 같다. 나 또한 누군가를 사랑하고 싶은 대상이 있다는 것만으로도 이미 행복의 반열에 합류한 기분이 들곤 한다.

밤새도록 이야기꽃은 끝없이 이어졌다. 그 섬에서 짜릿한 아침 공기를 마시는 동안 따뜻한 차 한 잔의 여유로움은 영혼까지 전해지고 유난히 따스한 햇살은 온몸을 감싸 안는다.

외출에서 돌아온 행복한 웃음이 아직도 내 안에 고스란히 남아 있다. 소중한 시간들로 채워졌던 아름다운 흔적들이 마침내 나의 고독을 깨트려 보다 나은 세상으로 밀어낸다.

나는 가끔 두 번째 외출을 꿈꾸곤 한다. 기회가 주어진다면 봄이 오는 길목에서 초록의 길을 느린 걸음으로 천천히 다시 걸어볼 참이다.

실패해도 괜찮아

한강에 어둠이 물들기 시작하면서 하나씩 켜지는 불빛들로 인해 평온한 내 심장은 청춘으로 돌아간 듯 가파르게 움직였다. 커피 한 잔을 들고 이어폰으로 흘러나온 음악을 들으며 걷던 중 나의 시선이 멈춘 곳은 우연히 바라본 어느 경기장이었다.

공원 한 쪽 공간에서 스케이트와 스케이트보드 타기, 그리고 자전거 타기 묘기 대회를 하는 것 같았다. 대상은 초등학생과 중·고등학생이었다. 보는 것만으로도 짜릿하고 스릴 있었다. 그들은 의외로 출발 지점에 올라가면 전혀 긴장하지 않고 오히려 담대해 보이기까지 했다. 또한 관중들이 모여들수록 우쭐한 순간을 은근히 즐기는 것 같았다. 스스로도 매우 만족스러운 표정이었다. 프로만큼 화려하진 않았어도 최선을 다하는 그들이 아름다웠다. 어느 중학생의 순서였다. 자전거를 들고 올라와서 출발 지점에 섰다. 그런데 그는 안절부절못하며 쉽게 출발하지 못했다. 지켜보는 나는 마음이 조마조마했다.

경기의 규칙은 어른의 키보다 조금 높은 위치에 있는 출발선에서 직각으로 내려와 중간 지점에 있는 오르막 벽을 통과하여 마지막 코스에서는 공중회전을 한 바퀴 이상 돌면서 착지하는 것이었다.

그는 다시 한 번 심호흡을 크게 하고 드디어 출발했다. 약간 긴장한 듯하였지만 아슬아슬하게 중간 지점에 있는 오르막 벽까지 무사히 통과했다. 하지만 마지막 코스에서 공중회전을 하지 못하고 그대로 떨어지고 말았다. 참으로 안타까웠다.

그는 아쉬움을 뒤로 하고 이번엔 기필코 성공하리라는 확신에 찬 표정으로 두 번째 출발 지점에 섰다. '제발 성공하기를.' 나는 시선을 떼지 못한 채 마치 내 일인 양 간절하게 응원했다. 하지만 간절함이 무색할 정도로 그는 마지막 코스에서 같은 실수를 또 하고 말았다. 공중회전 실패였다. 실망한 표정이 순식간에 온몸으로 퍼진 듯 급속도로 안색이 변했다. 어떻게 수습을 해야 할까. 마치 내가 실수한 것처럼 너무 속상하고 안쓰러웠다.

그는 애써 태연한 척했지만 얼굴은 이미 굳어 있었다. 대기자들 사이에서도 자신감을 잃은 듯했다. 이대로 포기하면 안 될 것 같아 응원을 해주고 싶은데 뾰족한 방법이 없었다. 그가 다시 도전할 때까지 꼼짝하지 않고 자리를 지키는 것뿐. 그런데 나는 아까보다 더 긴장되었다.

그는 관중들의 응원을 받으며 조심스럽게 세 번째 출발 지점에 섰다. 평정심을 가지려고 애쓴 모습이 보였다. 하지만 그럼에도 불구하고 경직된 표정 속에는 약간의 불안과 긴장하는 모습이 역력히 드러나곤 했다. 출발은 매우 순조로웠다. 모두가 숨죽이며 지켜보는 가운데 나의 시선은 그가 움직이는 발길을 따라 빠르게 이동했다.

어느새 문제의 마지막 코스였다. 다행히 그는 더이상 실수를 용납하지 않고 편안하게 공중회전을 성공했다. 한 바퀴 반을 제대로 돌면서 실수를 만회하는 그가 멋졌다. 관중들의 힘찬 박수 소리가 아낌없이 터졌다. 시끄러운 환호 소리에 갑자기 주위에 사람들이 모여들었다.

그 학생은 그제야 환한 웃음을 지으며 두 손을 힘차게 흔들어 주었다. 그는 그렇게 승리의 쾌감을 만끽하고 있었다. 함께 지켜보는 나는 마치 내 일처럼 뿌듯했다. 많은 관중들 앞에서 두 번의 실수가 있었음에도 포기하지 않고 당당하게 다시 도전하는 모습이 오래오래 잔상에 남았다. 그 일이 어떤 것이든 도전하는 자의 열정은 참으로 아름다운 것 같다. 그날 밤 살랑살랑 불어오는 봄바람의 접촉이 게으른 나의 뇌를 풀가동시키듯 일하기 시작했다.

집으로 돌아오는 길에 문득 나의 도전은 무엇인가 생각해 보았다. 새로운 것에 도전하는 것도 중요하지만 진행 중에 있던 일들을 포기하지 않는 게 우선이었다. 늘 인내와 끈기의 부족으로 내면에 있는 나와 적당히 타협하며 마치 합리화의 달인이라도 되는 것처럼 중도 포기한 일이 많았었다. 생각할수록 부끄러웠다.

세 번의 도전을 보며 다짐하는 것이 있었다. 주위의 시선을 의식하지 않는 것, 바로 그것이었다. 원하는 목표를 이루기까지는 여러 불합리한 상황이 생길 수도 있다. 그러나 그때마다 곧바로 반응할 필요가 없다는 것도 새삼 다시 깨닫게 되었다.

그렇다. 살다 보면 얼마든지 실수할 수 있다. 당연히 실패하기도 한다. 하지만 어떤 상황 속에서도 포기를 두려워하지 않

고 도전하는 자에게 덤으로 주어지는 것. 그 기쁨과 행복의 맛
을 알기에 담담하게 이겨내는 것인지도 모른다.

회심의 미소

불현듯 제주도에서 잠수함을 탔을 때가 생각났다. 그날따라 파도가 높아 잠수함에 간신히 오르긴 했지만 그때부터 죽음의 시간이 계속되었다. 마지막 물 한 방울까지 다 쏟아냈던 생각도 하기 싫은 최악의 상황이었다. 기진맥진하였기에 당연히 바다 속에 있는 것들은 아무것도 보이지 않았다. 그저 한시라도 빨리 육지로 나가고만 싶었다.

나는 그 이후 배를 탄 적이 별로 없었다. 이제와 다시 배를 탈 것을 생각하니 가슴이 답답해왔다. 아픔의 기억이 있었기에 나름대로 뱃멀미에 대한 준비를 단단히 했다. 아이들과 남편은 멀미를 하지 않는다며 일단 먹는 즐거움부터 챙겼다. 유독 뱃멀미가 심한 나는 당연히 아무것도 먹지 못했다. 그런대로 출발은 순조로웠다.

대략 한 시간 정도 지났을까, 드디어 잠잠하던 속이 울렁이기 시작했다. 기억하고 싶지 않은 고통스러움이 재연되는 것 같아 불안했다. 아니나 다를까 나는 무서운 공포에 휩쓸린 듯 사지에 힘이 다 빠졌고 절반은 이미 정신을 잃은 듯했다. 도동항에 어떻게 왔는지 아무런 기억이 나지 않았다.

그 와중에도 배가 고팠다. 울렁거린 속이 채 가라앉지도 않았는데 내리자마자 식당부터 찾았다. 그리고선 허기진 배를 채우기 위해 홍합 밥과 따개비 밥을 빛의 속도로 먹어치웠다. 천천히 먹으라는 가족의 시선을 피해가면서 말이다.

그제야 푸르디푸른 울릉도의 바다가 제대로 보였다. 도동항에서 바라 본 해상 절벽은 환상 그 자체였다. 내 생에 이처럼 첫눈에 반하여 볼수록 빠져드는 황홀한 비경은 처음이었다. 더 이상 말이 필요 없는 별천지의 세계였다. 어디서부터 어떻게 다 담을까 행여 놓칠세라 잠시도 눈을 뗄 수 없었다. 어디 그 뿐이랴. 환상적인 바닷길을 따라 해안도로를 달릴 때는 그 짜릿한 순간들이 내 가슴 안에서 화려한 불꽃처럼 퍼트려지며 아름답게 수놓은 듯했다. 황홀했다. 시간을 두고 나리분지, 봉래폭포, 관음도, 행남등대 가는 길, 그리고 성인봉까지 있는 그대로의 멋스러움을 고스란히 가슴에 담았다.

다음날 해질녘 쯤 노을이 물든 바다를 품에 안고 도동항에서 저동항까지 이어지는 둘레길을 트래킹 했다. 나는 바다와 맞닿아 있는 둘레길 쪽으로 몸과 마음을 최대한 밀착시키며 걸었다. 때때로 절벽에 부딪치는 파도소리에 매료되어 넋을 잃고 바라보다 하마터면 바다로 추락할 뻔했다. 걷는 낙을 즐기던 중 절벽 사잇길로 한 사람씩 지나가야 할 만큼 좁은 길을 만났을 땐 아찔한 스릴을 느끼며 뱃멀미로 고생했던 기억들을 까맣게 잊어버렸다. 참으로 위로가 되었고 고생 끝에 주어지는 어떤 보상 같았다. 그런데 아직 울릉도 구경도 다하지 못했는데 가족은 느닷없이 다음날엔 독도에 가자고 했다.

'아뿔싸!' 드디어 올 것이 오고 말았다. 그랬다. 나도 어차피 울릉도까지 힘들게 왔으니 우리 땅 독도에 가고 싶은 마음이 굴뚝같았다. 그런데 몇 번을 생각해 봐도 뱃멀미 때문에 엄두가 나질 않아 잠잠히 있었던 것이다. 나는 자신이 없어 숙소에서 쉬겠다고 말했다. 그랬더니 남편과 아이들이 이구동성으로 뱃멀미 하지 않도록 도와주겠다면서 부추겼다. 나는 그 말만

철석같이 믿고 어쩔 수 없이 따라 나섰다.

다행인지 불행인지 울릉도에서 독도 가는 항로는 늘 파도가 높은 편이라 아예 출항을 못하는 날도 허다하다고 했다. 마음속으론 차라리 출항하지 못하기를 은근히 바랐다. 하지만 야속하게도 배는 예정대로 출항했다. 높은 파도 때문이었을까. 생각했던 것보다 배는 더 심하게 흔들렸다. 나는 마음대로 돌아갈 수 없는 망망대해 위에 있다는 것만으로도 무섭고 두려웠다. 뱃멀미 약을 미리 먹었으니 괜찮을 것 같아 음악을 들으며 잠을 청해 보았지만 허사였다. 괜스레 가족이 원망스러웠다. 큰소리치며 당당하게 도와주겠다던 남편과 아이들은 자신들의 울렁거림을 잠재우기 바빴다. 뭔가 속은 느낌이었지만 그들의 표정을 보곤 더이상 할 말을 잃었다. 전혀 문제없을 거라며 당당하게 말하던 그들도 이번만큼은 피할 수 없었나 보다.

많이 지쳤기에 아무것도 할 수 없을 것 같았다. 그런데 그것은 기우에 불과했다. 저 멀리 우리 땅 독도가 희미하게 모습을 드러내보이자 저절로 힘이 불끈 솟아오른 느낌이었다. 울릉도와 또다른 느낌의 설렘이 그날의 파도만큼이나 내 속에서 요동치고 있었다.

독도는 저 망망대해 위에서 홀로 고독과 싸우며 그럼에도 불구하고 참으로 위풍당당하게 서 있었다. 보는 것만으로도 정말 감개무량했다. 문득 저 당당함을 지켜 낼 동안 사계절 내내 참 많이 외로웠을 거란 생각이 들자 울컥했다. 때때로 밀려오는 나의 고독한 삶에 같은 느낌이 오버랩 되며 나도 모르게 뜨거운 전율이 흘렀다. 잠잠히 그 감정에 머물렀다. 아직도 망망대해에 홀로 서 있는 듯한 나를 기억하며.

비록 정신은 혼미했지만 이왕 왔으니 좀더 가까운 곳에서 독도를 제대로 보고 싶었다. 하지만 그날따라 선착장 주변 파도가 높아 배를 접안하기 힘들었다. 할 수 없이 선회 관광으로 대신해야만 했다. 지독한 뱃멀미와 싸우면서 두 시간을 달려 왔는데 독도 땅을 밟아보지 못하고 가야 하는 아쉬움이 너무 컸다. 단 10분이라도 독도의 신선한 바람을 직접 땅 위에서 맞이하고 싶었는데 허탈했다. 갑자기 짜증이 밀려왔다. 이것은 또다른 바람 맞은 기분이었다.

'아, 다시 또 두 시간을 어떻게 버티지?' 말하자면 꼬박 네 시간 동안 고스란히 배 안에 갇혀 버린 꼴이다. 가만히 있어도 머리는 빙빙 돌았고 온몸을 타고 흐르는 울렁거림이 큰 파도를 타듯 비틀거렸다.

그랬다. 그저 눈으로 보는 바다는 한없이 평온했다. 하지만 망망대해 한가운데 서 있는 바다는 내 의지와 상관없이 죽음의 문턱을 들락날락하는, 상상조차 하기 싫은 바다였다. 어리석게도 난 그렇게 죄 없는 바다 탓만 하고 있었다. 제법 많은 시간이 흐른 후 육지의 따스한 바람이 코끝을 자극해왔다. 이제야 사람 사는 세상에 온 것 같아 나도 모르게 손을 흔들어 보였다.

고생은 했지만 지상에서 가장 아름다운 섬 울릉도, 그리고 독도와의 만남은 행복했다. 나는 어떤 두려움 때문에 마음에만 품고 있었던 것들을 하나씩 도전하면서 새삼 살아 있다는 것이 경이롭게 느껴졌다. 이젠 좀더 편안하게 다시 울릉도를 여행해도 될 것 같은 약간의 자신감도 생겼다. 마침 울릉도 사동항에 공항이 생긴다고 한다. 다행이다. 아직까지 비행기 멀미는 하지 않은 것 같다. 회심의 미소가 저절로 지어진다.

코코, 너로 인해

"으앙, 손가락에 피가 나."

어릴 적 순수한 마음에 그저 예쁘다는 표현으로 이웃집 개를 잠깐 쓰다듬는 사이 순식간에 물리고 말았다. 아직 여물지 않은 어린 살갗이 벗겨지고 그 속에서 뚝뚝 떨어지는 피의 현장을 목격했으니 어린 마음에 충격이 컸으리라. 그 찰나의 순간에 일어났던 두려움의 공포가 내 나이 오십이 되었는데도 또렷하게 기억 속에서 맴돈다.

그렇게 확연하게 기억 저편에 자리 잡은 나의 트라우마는 강아지들을 볼 때마다 전신에 소름이 돋게 했다. 가끔 집 근처 공원 산책을 즐기는 나는 목줄을 하지 않고 강아지와 산책하는 견주들을 보면 욱하고 올라오는 불쾌한 감정을 다스리기 힘들어 그대로 표출하고 싶어질 때도 많았다. 그들의 이기적인 행동 때문에 나의 발걸음은 순식간에 얼음이 되곤 했다. 그로 인해 굳어진 표정과 긴장된 근육은 쉽게 풀리지 않았다. 상대방에 대한 기본적인 배려가 없는 몰상식한 사람들이라 치부하며 그렇게 단호하게 그들을 무시해야만 그나마 위로가 되었다. 그들을 보며 나는 어떤 상황에서도 애완동물은 키우지 않을 거라며 자신과의 굳은 다짐을 하곤 했다.

짧은 장마가 끝나고 유난히 폭염이 심한 어느 날, 뜻하지 않게 한 '아이'를 입양하게 되었다. 이처럼 작은 아이를 내 품에 안은 것은 아마도 그 사건 이후 43년 만에 처음인 듯싶다. 나는 두렵고 긴장된 마음을 최대한 안정시키며 아이의 눈을 마주보았다. 여리여리한 작은 체구 위에 하얀 털이 복슬복슬하였고 새까만 두 눈동자는 눈물을 머금은 듯 촉촉하여 더욱 똘망똘망했다. 그 사랑스러운 아이 이름을 '코코'라고 지었다.

코코는 태어난 지 6개월 된 초소형 말티즈 강아지였다. 가족회의를 통하여 코코가 우리 집 구성원으로 인정되었고 가족 모두는 코코의 안정된 적응을 위해 분주하게 움직였다. 각자 역할을 분담하여 코코의 마음을 사로잡으려는 보이지 않는 경쟁도 있는 듯했다. 알게 모르게 흩어졌던 개개인의 생활 패턴들이 코코를 중심으로 다시 모여진 것 같은 착각이 들 정도였다. 어쨌든 집안의 분위기는 계속하여 상승곡선으로 향하고 있었다.

삼일 째 되는 날, 코코에게 첨벙첨벙 물놀이를 시켜주고 싶었다. 나름대로 코코가 좋아할 것 같은 표정을 상상하며 천천히 물과 친해지길 바랐다. 그런데 그만 예상을 뒤엎고 물을 만나자마자 벌벌 떠는 모습에 나는 적잖이 당황하였다. 행여 어떻게 될까 싶어 괜스레 마음이 급해지자 허둥대며 아무것도 제대로 하지 못했다. 누구나 처음엔 다 그러하듯이 나 또한 모든 것이 서툴렀다. 생각보다 어려웠고 등에서는 땀이 비 오듯 흥건하게 젖어들었다. 목욕 후 털을 바짝 말려야 한다는 조언대로 내 허리에 묵직한 통증이 느껴지는데도 일어나지 못하고 정성스럽게 드라이로 말려주었다.

그런데 맙소사, 코코에게 문제가 생긴 것 같다. 그날 저녁부터 안절부절 잠시도 가만있지 못하고 몸을 긁기 시작한 것이었다. 말을 하지 못하니 물을 수도 없고 얼마만큼 가려운지 파악조차 할 수 없어 그저 답답하고 안쓰럽기만 했다. 차라리 내 몸의 가려움으로 대신할 수 있다면 얼마나 좋을까.

　코코의 눈빛을 보면 볼수록 나를 본 듯하여 안타까운 심정
이 내 삶 깊숙이 파고드는 듯했다. 순간순간 찌릿한 아픔이 진
동으로 울릴 때마다 어쩌자고 저 아이를 대뜸 보듬었을까 싶
었다. 코코의 촉촉한 눈빛에서 흘러나오는 애처로운 시선은
연민의 정을 불러일으켰고, 나는 그런 코코에게 빠른 속도로
빠져들었다. 때때로 가족의 시끌벅적한 소란함이 사라지고 나
면 문득 홀로 남아 견뎌야 할 코코의 외로움이 나에게 고스란
히 전이가 되곤 했다. 그럴 때면 나는 만사를 제쳐두고 잰걸음
을 쳐서 집으로 향했다. 어느새 코코를 향한 나의 서툰 사랑은
거의 중독으로 이어지고 있었다.
　아침에 눈을 뜨면서부터 저녁 잠들기 전까지 하루 온종일
코코사랑에 빠진 후, 기존의 나의 일상은 마비가 되었다. 그
도 그럴 것이 성인이 된 아이들은 마치 엄마의 사랑을 뺏기
기라도 한 듯 은근한 질투를 하고 있었다. 아무럼 아이들은
오랜 시간 동안 늘 공허한 마음에 젖어 있던 나의 삶의 일부
를 알 리가 없었다. 그로 말미암아 비록 일방적인 사랑이라
할지라도 메말랐던 감정의 호흡이 다시금 충만하게 채워지

는 것 같았다.

그나저나 코코의 가려움은 열흘째 계속되었다. 그저 시간이
지나면 해결되리라 믿었던 나의 무지함으로 코코는 애꿎은 피
해자가 된 셈이었다. 결국 병원에 가서야 나의 잘못을 알게 되
었다. 목욕 후 제대로 말리지 못하여 피부염이 생겼다고 했다.
얼마나 가려웠을까. 생각할수록 어찌할 줄 모르는 미안한 마
음이 가슴에 아프게 박혔다.

그랬다. 참 많은 세월 동안 강아지의 털만 스쳐도 피가 거꾸
로 솟는 느낌이 너무 싫고 무서웠다. 하지만 누군가의 도움으
로 용기를 내어 코코라는 강아지를 내 품에 안게 되었고 지금
은 그 사랑에서 헤어나질 못하고 있다. 그럼에도 불구하고 코
코가 혀를 내밀고 반가움의 꼬리를 흔들며 다가올 땐 나도 모
르게 움찔하곤 한다. 아무리 태연한 척 애써도 코코의 작은 혀
로 손바닥을 핥아오면 심장마저 긴장을 한 듯 다시금 소름의
꽃이 피어오른다. 그럴 때마다 걷잡을 수 없이 내게로 침범해
온 양가감정을 잠잠히 다스리며 견뎌내는 중이다. 몇 번을 반
복해야 그 상처, 그 아픔으로부터 초연해질까.

코코는 마치 나의 그런 불안한 마음을 위로라도 하듯 살며시 내게로 와 곁에서 잠이 들었다. 세상모르고 평안하게 단잠에 빠진 코코의 옆모습이 미치도록 사랑스럽다.

프라하에서 소원을 말하다

체코 프라하에 도착한 시간은 늦은 밤이었다. 차가운 거리와 아름다운 불빛의 조합은 프라하에 첫 발을 내딛는 나의 마음을 사로잡기에 충분했다. 멈출 줄 모르는 감탄사가 연거푸 터져나왔다. 프라하의 밤거리는 참으로 황홀했다. 하지만 설렘은 오래가지 않았다. 마음 한편에 안타까움이 나의 심장을 압박했기 때문이다.

프라하의 카를교(다리) 양쪽에는 여러 동상들이 있었다. 그중 소원을 말하면 이루어진다는 특별한 동상이 있다고 했다. 어둠이 짙게 내려앉은 다리 위에서 나는 오직 하나의 목표를 향해 발걸음을 재촉했다. '성 요한 네포무크 동상'을 보니 반가웠다. 왠지 모든 것이 잘 될 것만 같은 기류가 흘렀다. 이 동상의 일부를 문지르면서 소원을 간절하게 빌면 이루어진다는 말을 듣고 나는 정성을 다해 애원하듯 빌었다. 그렇게 무엇이라도 붙잡고 마음의 응원을 해야 그나마 덜 미안할 것 같았다.

"A엄마를 살려 주십시요. 그는 더 살아야 합니다."

나는 가족의 건강, 자녀들의 진로, 남편의 사업 번창 등 소원이 많았다. 하지만 무엇보다 A엄마를 위해 집중적으로 빌었다.

함께 동유럽 여행을 하기로 한 A엄마는 소화가 잘 되지 않는다면서 여행 가기 전 건강검진을 받은 후 마음 편하게 가고 싶다고 했다. 그런데 맙소사, 가벼운 소화불량 정도로 생각했는데 상상도 못할 일이 터지고 말았다. 췌장암 3기. 다른 부위에도 전이가 되었다. 48세의 그녀는 도저히 믿어지지 않는 현실 앞에 망연자실했다. 어떻게 무슨 말로 위로를 해야 할까. 아무것도 해줄 수 없는 내가 원망스럽고 한심스러웠다. 그저 아픈 마음을 어루만지며 속히 회복되기를 위한 간절한 기도밖에는 그 어떤 것도 할 수 없었다. 무능함의 현실 앞에 내 마음은 더 무겁게 짓눌렸다.

상상도 하지 못할 기막힌 현실 앞에서 우린 여행을 포기하려고 했지만 A엄마의 간곡한 부탁으로 계획했던 여행은 그대로 진행되었다. 생각도 하기 싫은 난감한 상황임을 알면서도 어쩔 수 없이 그녀의 부탁을 수용하기로 했다. 그런데 어찌된 영문인지 그때부터 여행을 떠나는 날까지 마치 죄인이 된 기분을 떨칠 수 없었다. 가슴이 미어지듯 저며오는 이런 슬픈 여행은 처음이었다. 차라리 오지 말걸 어쩌자고 저 하늘 너머까지 왔는지 그저 미안한 마음뿐이었다.

나는 프라하의 멋진 야경을 전경에 두고 그곳에 머물면서도 마음껏 즐기지 못했다. 그 당시 A엄마를 좀더 설득하여 함께 동행하였다면 어땠을까라는 생각이 꼬리를 물며 내내 마음에 걸렸기 때문이다. 환상적인 프라하의 밤거리를 폼 나게 거닐며 삶을 이야기하자던 그녀였기에 더더욱 마음이 아팠다. 비록 프라하의 야경은 함께 나누지 못했지만 다음 여행지 크로아티아의 야경은 반드시 그녀와 함께 볼 수 있기를 소망하며 마음을 다잡곤 했다.

사실 일정 내내 편치 않았던 무거운 마음을 온전히 내려놓지 못했다. 마치 그 마음을 위로하듯 파노라마처럼 펼쳐지는 대자연의 막바지 가을 풍경이 옷깃 사이로 살포시 스며들었다. 유럽의 가을 낙엽을 밟으며 미안한 마음을 잠시 접어두고 웃음이 사라진 얼굴에 미소를 띠우려 애를 써 보았으나 여전히 슬펐다. 얼마만큼 걸었을까, 제법 쌀쌀한 날씨에도 불구하고 노란 나뭇잎 사이에선 따듯한 기운이, 그리고 따스한 햇살 사이론 왠지 힘이 날 것만 같은 좋은 기운이 마구마구 품어져 나오는 듯했다. 그 기운은 마치 희망을 약속하듯 포근하게 다가왔다.

문득 이 가을이 다 가기 전 아름다운 자연의 풍경 속에 나의 모든 걸 맡기고 싶은 충동이 일었다. 그리곤 내년 이맘때에도 변함없이 가을 풍경을 맞이할 수 있을까 궁금해졌다. 아무런 조건 없이 무탈하게 내일이 보장되는 삶은 어디에도 없는 걸까.

그랬다. 애석하게도 내가 탑승한 시간이란 존재는 멈출 줄도 모르고 기다릴 줄도 모르며 오로지 직진만 할 줄 아는 얄미운 존재인 것 같다. 그렇기에 오늘 내게 주어진 지금의 시간을 좀더 나답게, 좀더 나에게 집중하여 사는 것도 괜찮을 듯싶다. 프라하에서 빌었던 소원이 손에 닿을 만큼 가까이 왔으면 좋겠다는 생각을 하며 여전히 아픈 마음을 달래 본다.

꽃섬에 안겨

꽃섬, 하화도에 가기 위해 서울역에서 여수 가는 밤 기차를 탔다. 그리곤 다시 여수에서 첫 배를 타고 한 시간쯤 지나 마침내 하화도에 도착했다.

평소에 그토록 가고 싶었던 곳이기에 설렘이 컸다. 하화도에 첫 발을 딛는 순간 나의 동공이 과할 정도로 확장된 듯하더니 이윽고 첫눈에 반하고 말았다. 그 작은 섬의 모습은 엄마의 품처럼 아늑하고 따스해 보였다. 전날 비가 온 때문이었을까, 꽃섬은 유난히 더 맑고 깨끗하게 빛나는 것 같았다. 주황색 지붕으로 덮인 작은 마을의 전경들은 눈이 부실 정도로 아름다웠다.

탁 트인 바다를 배경으로 꽃섬 길이 이어졌다. 나는 무심히 걷던 발걸음을 잠시 멈추어 섰다. 그리곤 촉촉한 땅 위에서 올라오는 흙 내음과 코끝에 스치는 바다 향기를 마음껏 들이마셨다. 말로 표현할 수 없는 상쾌함과 짜릿한 전율이 목젖을 통해 들어오는 것 같았다. 삶의 여유로움과 시간의 자유로움이 내 안에 통째로 들어와 나를 지배하는 듯했다. 모처럼 내게 주어진 자유로움을 만끽하며 느린 걸음으로 천천히 걷고 또 걸었다.

꽃섬 길을 따라 가면서 갖가지 봄꽃들을 만날 거란 기대감이 앞섰다. 먼저 유채꽃이 노란 옷을 입고 반갑게 눈인사를 한다. 동백꽃도 만나고, 진달래꽃, 제비꽃, 각시붓꽃도 만났다. 여러 봄꽃들을 마주하니 나도 꽃처럼 예뻐지고 싶은 마음을 숨길 수가 없다. 꽃을 볼 때마다 꽃처럼 향기로운 삶을 살고 싶은 소망이 뇌리에 가득 채워지곤 했다.

저만치 앞서 깻넘전망대와 큰산전망대도 만났다. 그들에게서 흘러나오는 따듯한 공기의 흐름이 나를 포근하게 감싸 안았다. 그들은 비록 섬의 벼랑 끝에 서 있지만 엄마의 품속 같은 아늑함을 품고 있는 것 같다. 언제나 변함없는 모습으로 다양한 사연을 들고 오는 많은 사람들을 마치 제 자식을 품은 듯 사랑스럽게 안아주는 듯했다.

포근함 때문이었을까, 그 사랑 안에 좀더 머물고 싶어 전망대와 마주 앉았다. 나도 모르게 눈물이 왈칵 쏟아졌다. 며칠 전 가까운 지인으로부터 배신당한 일이 떠올랐기 때문이다. 참으로 많이 아팠고 힘들었다. 아픈 만큼 쉽게 잊혀지지 않았다.

시간이 흐를수록 혼자 감당해야 하는 부분들이란 걸 알지만 믿었던 이로부터 받은 상처는 생각보다 훨씬 깊었다. 바다를 향해 슬픈 감정들을 주저리주저리 토해내듯 쏟아내고 나면 억울했던 마음이 조금이나마 편안해지곤 했다. 나의 아픔을 어루만져 다독이는 듯한 그들이야말로 진정한 내편이 되어 주는 것 같아 나도 모르게 어깨가 으쓱해졌다. 아이러니하게도 마음이 평안함을 느끼자 미움도 원망도 이젠 사랑으로 품을 수 있을 것 같은 작은 용기가 생겼다. 어디 그뿐일까, 하릴없이 바다에 누워 하늘을 날고 싶은 탐스러운 욕망이 주책없이 가슴 안에서 맴돌곤 했다.

걷는 낙을 즐기기 위해 다시 발걸음을 옮긴다. 그렇게 아직 남아 있는 꽃섬 길을 구석구석까지 음미하듯 천천히 걸었다. 그런데 어디만큼 왔을까. 마치 막힌 담이 허물어지고 삶에 어떤 보험 증서라도 생긴 것처럼 알 수 없는 편안함과 여유로움이 느껴졌다. 머리에서부터 발끝까지 깃털처럼 가벼워진 발걸음을 보며 나도 모르게 콧노래가 절로 나왔다.

선착장이 다가오자 어디선가 날아온 나비 한 마리는 마치 나를 위해 마중을 나온 듯하더니 어느 향기로운 골목으로 안내를 했다. 부추전의 파릇한 향기와 어우러진 구수한 막걸리의 향기를 어찌 외면할 수 있을까. 나의 발걸음은 자동으로 정지되었고 발그스레한 얼굴은 어느새 동그란 미소의 꽃밭이 되었다. 작은 섬마을에서 만난 사람들은 모두 꽃섬을 닮은 듯했다. 그들의 친절함과 정겨운 모습들은 오래도록 잊지 못할 것 같다.

어느덧 꽃섬의 평화로움은 내 삶 깊숙이 들어와 나머지의 삶을 함께 공유할 것만 같고 엄마의 품속 같은 아늑함은 마음의 안식처가 되곤 한다. 가끔 눈을 감고 가만가만 꽃섬에 안겨 있는 나를 본다. 그럴 때마다 연인만큼이나 사랑스럽다는 생각이 들곤 한다. 그로 인해 불퉁불퉁했던 나의 감정상태가 치유되는 듯한 느낌이 참 좋다. 그렇게 가슴을 달군 뜨거운 열정을 가지고 다시 뭍을 향해 나아간다. 알게 모르게 차가운 기류 속에 흩어졌던 나의 불완전한 생각들이 따뜻한 사랑의 온도로 인해 조금씩 변해간다면 더없이 좋을 것 같다는 생각에 가만히 머문다.

　살다 살다 그 사랑이 미치도록 그리워질 때, 잠잠히 난 다시 꽃섬에 오르리라.

도전, 그 아름다운 유혹

나는 오래 전부터 환상의 섬, 사량도에 있는 지리산 숲길에 끌림이 있었다. 8월 15일. 무더위가 최고 절정을 이루고 있던 터라 조금 걱정되었다. 설렘을 안고 사량도에 들어가는 배 안에 앉아 바다를 보는 내내 살아오면서 아직 이루지 못했던 미션들이 하나 둘 떠올랐다.

나는 고소공포증이 있어 놀이동산에 있는 놀이기구는 거의 한 번도 제대로 타지 못했다. 때로는 구경하는 것조차도 무섭고 겁이 났다. 그런 나에게 고소공포증을 극복하는 체험은 상상도 못할 일이었지만 마침 이번 기회에 사량도에 있는 출렁다리 위에서 고소공포증을 극복하는 것에 대한 도전을 하고 싶었다. 이미 마음에 결정을 했는데도 불구하고 사량도 출렁다리를 건너기 위한 첫발걸음은 천근만근이나 무거웠다. 결코 만만하지 않은 그길, 도전은 좋았지만 순간 후회도 밀려왔다.

이미 산속으로 접어든 그때 설상가상으로 내 몸에 이상증세가 나타났다. 흔들리는 배 안에서 욕심껏 먹었던 옥수수가 문제였다. 평소에 옥수수를 좋아했던 나는 친구가 농사를 지었다는 이유만으로 쉬지 않고 여섯 개를 먹었던 것이 화근이었다. 그만 소화를 시키지 못하고 결국 산 위에서 일이 터진 것이다. 첫 번째 고비였다. 나는 기진맥진한 상태에서 마지막 먹었던 물까지 다 토했다. 그래도 별 진전은 없었다. 여전히 배는 더부룩했다. 그렇다고 다시 돌아갈 상황도 아니었기에 시간이 흐를수록 초조해졌다. 이 상태로 출렁다리를 건너갈 수 있을지 걱정이 이만 저만이 아니었다.

나의 몸 상태가 최악인지라 무리하지 않고 한 걸음씩 천천히 오르기로 했다. 걸을 만큼 충분히 걸은 것 같은데 출렁다리는 아직 보여줄 생각도 안 하니 울고 싶을 만큼 지치고 힘들었다. 그도 그럴 것이 지친 마음을 달랠 겨를도 없이 두 번째 고비가 나타났다. 체감 경사 90도에 육박하는 긴 철계단이 기다리고 있었다. 계단을 보는 순간 다리에 힘이 빠져 주저앉을 뻔했다. 심장이 멎을 것만 같은 무서움과 두려움을 어떻게 안정시켜야 할지 막막했다. 그런데 난감한 이 상황은 왠지 출렁다리를 건너기 위한 어떤 관문 같은 생각이 들었다. 설령 그렇다하더라도 나는 친구들에게 애절한 눈빛을 보내며 자신 없는 목소리로 말했다.

"얘들아, 저 산의 봉우리들이 빙글빙글 돌아서 내게로 오는 거 같아 도저히 못 가겠어. 난 그냥 다시 돌아갈 테니 너희끼리 갔다 와."

"뭐야, 그럼 반칙이지. 죽어도 같이 죽고 살아도 같이 살아야지."

"맞아. 근데 나도 숨이 콱 막혀 죽을 거 같아."

친구들도 고소공포증이 있다는 사실을 그때서야 털어놓았다. 누굴 원망하며 탓하랴. 더이상 그 어떤 무엇과도 타협할 여지가 없었다. 무조건 통과해야만 하는 코스였다. 계단 밑을 보면 더 무섭고 아찔했다. 괜찮을 거라고 최면을 걸며 마음을 진정시켜 보아도 다리가 움직이질 않았다. 정말로 꼼짝하지 않았다. 서로 먼저 가길 미루다가 어쩔 수 없이 가위바위보로 선두를 정하기로 했다. 평상시엔 늘 가위바위보의 승자였는데 하필이면 그날따라 운이 따라 주지 않아 겁쟁이인 내가 선두였다. 나의 아픔을 전혀 인정해주지 않는 친구들이 야속했다.

내가 믿는 신께 무사히 지나가길 간절히 빌면서 한발 한발 철계단 위에 올라섰다. 난간을 잡은 손이 떨어질세라 젖 먹던 힘까지 다 쏟아부어 단단히 붙잡았다. 그럼에도 쉬 떨어지지 않는 발걸음은 다음 계단으로의 이동을 더디게 했다. 행여 바람이라도 불까 싶어 나의 표면에 보이는 것들과 보이지 않는 것들까지 극도로 예민하여 긴장되었다. 이미 양손은 땀으로 범벅이 되어 계속 닦으면서 내려와야 했다. 아뿔싸! 그런데 그만 마지막 계단을 앞에 두고 안도의 쉼과 함께 후들거린 다리가 꼬여서 하마터면 뒤로 자빠질 뻔했다. 지금 생각해도 아찔하다.

그렇게 쭈그러든 심장이 펴질 틈도 없이 털썩 주저앉아 그 와중에도 벌벌 떨며 아직 내려오지 못한 친구들을 보니 웃겼다. 먼저 이룬 자의 여유라고나 할까. 참으로 간사했다.

"얘들아, 난간을 흔들기 전에 빨리 내려와."

"참나, 말 시키지 마. 대답할 정신 없으니까."

난간을 흔드는 흉내까지 내었지만 포기하지 않고 무사히 임무를 마친 친구들의 대견스러움에 박수를 보냈다.

약간의 휴식을 취한 후 얼마만큼 또 걸었을까. 드디어 우리에게 주어진 선물(?)이 눈앞에 근사하게 펼쳐졌다. 이제야 비로소 나타난 출렁다리는 4백 미터 높이에서 지리산의 향봉과 연지봉을 연결해주고 있었다. 그토록 마음에 품었던 것을 마주하는 순간 만감이 교차했다. 오름의 과정 속에 있었던 갈등과 아픔은 이미 온데간데없이 사라진 듯했다.

바다와 산 그리고 기암절벽의 조화가 어우러진 출렁다리는 하늘에 닿을 듯 마치 하늘로 올라가는 어떤 통로처럼 보였다. 그래서 뭔가 마음에 있는 소원을 말하고 싶었다. '저 흔들리는 출렁다리를 지나갈 때 제발 고소공포증이 완전히 사라지기를!' 나도 모르게 주문을 외듯 두 손이 가슴 앞에 공손하게 모아졌다. 나는 한참 동안 그렇게 출렁다리와 마주한 시선을 다른 곳으로 옮기지 않았다. 그리곤 마지막 심호흡을 크게 하고 출렁다리보다 더 출렁거리는 심장을 최대한 안정시키면서 아슬아슬하게 건너갔다.

와, 드디어 성공이다. 이제야 뿌듯함과 자신감이 조금 생긴 것 같다. 뿐만 아니라 한 사람씩 출렁다리 위에서 멋진 포즈를 취하기도 하며 나보다 먼저 건너 간 친구들이 다리 중간에 서서 건너오지 못하도록 장난을 치곤했다. 분명히 표정은 환하게 웃고 있었지만 그 틈 사이로 보일 듯 말 듯 긴장된 근육들의 어색한 조합이 참으로 익살스러웠다. 해가 산을 넘어갈 무렵 저 먼 산 위에 걸터앉은 고소공포증을 향하여 잠시의 머뭇거림도 없이 당당하게 이젠 안녕이라 말하고 돌아선 나의 발걸음이 한결 가벼웠다.

작품해설

깨어 있는 삶

- 절정으로 꽃피다

이철호(시인·소설가)

정진희 작가의 글은 균형 잡힌 삶의 감각이 놀랍도록 아름답게 묘사되어 있다. 치우치지 않는 삶의 균형을 이루어가는 모습은 차라리 온전하다는 표현을 연상시킨다. 이러한 살아 있는 삶의 감각은 삶을 더듬어 느끼게 하고 바라보게 하며 소망하게 하는 힘을 갖고 있다.

그렇다. 살아가다 보면 실패도 있고 좌절도 있기 마련이다. 그 가운데서도 자신의 분복을 잃지 않고 오롯이 누리며 산다는 것은 그리 쉬운 일만은 아니다. 아픈 상처들은 시야를 왜곡시키고 왜곡된 시야로 삶을 바라보면 보이는 모든 것이 왜곡되기 십상, 마음은 갈래갈래 찢겨져 결국 삶이란 하루하루를 살아내야 하는 고단한 작업이 되고 만다.

　그뿐이 아니다. 순리를 순리대로 받아들이지 못하면 인생이
란 거대한 역풍을 거슬러 가려는 낙엽 같은 존재가 된다. 그의
삶이란 우산도 없이 쏟아지는 비를 고스란히 맞고 있는 것과
흡사하다. 언제 비가 갤 거라는 기약도 없이 말이다.

　보이는 것, 들리는 것, 그리고 주위에서 일어나고 있는 많은
일들에 휩쓸리지 않고 자신의 길을 걸어가며 자기에게 주어진
분복의 기쁨을 누리는 삶, 그것이 작가의 글에서 느끼는 작가
의 삶이다. 살아 있는 감각이 섬세하게 사물을 느끼며 방향성
을 진단하여 거침없는 생의 한복판에 서도록 하는 이러한 삶
이 진정 누리는 삶, 자유 하는 삶이 아닐까.

　작가의 글머리는 전체 글을 위해 치밀하게 디자인되어 있
다. 일반적 수필에서보다 더 강한 정치색을 띠고 있다고나 할
까. 능청스럽게 깔려 있는 복선이 아름답다. 〈봄날을 닮은
나〉, 〈초록의 향기〉, 〈내 속에 또 다른 나〉 등이 특별히
그러하다.

　화려한 봄꽃들을 보는 것만으로도 잔뜩 움츠러든 삶에 활력

소가 되는 것 같다. 앞 다투어 꽃망울이 열리는 모습을 볼 때마다 에너지가 공급되는 듯한 느낌이 좋다. 하지만 어떤 꽃은 피워 보지도 못하고 사정없이 밟히곤 한다. 변덕스러운 봄 날씨를 건디지 못한 탓이다.

〈봄날을 닮은 나〉의 첫머리다. 작가는 먼저 화려한 꽃들을 독자의 머리에 떠올리게 하고 사정없이 밟히는 꽃, 그리고 꽃을 떨어지게 하는 변덕스러운 봄 날씨를 이야기한다. 그러면서 슬쩍 자신은 봄 날씨를 닮았다며 연애시절 변덕으로 인한 에피소드로 가슴 설레게 한다.

생각보다 길어진 기다림에 지쳐 화가 머리끝까지 차올랐다. 그 사이 안절부절 건디다 못해 결국 스스로 '끝'이라는 마음의 결단을 하며 그에게 말없는 통보를 했다. 어차피 그의 의사 표현은 내게 중요하지 않았다. 그렇게 인연은 끝났다고 생각했다. 함께 나눴던 모든 추억들은 기억 저편에 두기로 했다. 하지만 아무리 태연한 척 노력해도 순간순간 올라오는 불안한 마음을 숨길 수 없었다.……
언제 그랬냐는 듯이 간사한 내 마음은 작약 꽃잎처럼 활짝 피어났다.

어쨌거나 난 그렇게 끝났다고 생각했던 나의 감정들을 빠르게 다시 제자리에 갖다 놓았다. 그가 눈치 채지 못하도록 그리움의 보자기에 주섬주섬 쌓아 놓았던 것들도 원래대로 풀어놓았다. 마치 아무 일도 없었던 것처럼.

얼마나 자주 우리는 혼자 이별을 하는가. 다시는 만나지 말아야지, 그리고는 아무렇지도 않은 듯 다시 만나곤 하는 연애사를 이토록 적확하게 집어내니 카타르시스적 웃음이 절로 난다. 적절한 비유와 묘사가 3차원적인 입체감을 넘어서 4차원적인 공감으로 생생하게 살아나고 있다.

변덕스러운 봄 날씨로 비유되었던 작가의 '변덕'은 어느 사이 '하마터면 이 좋은 사람을 놓칠 뻔했으니 어쩌면 피우지 못한 봄꽃 같은 처량한 신세가 될 뻔했다'며 '어떤 꽃은 피워보지도 못하고 사정없이 밟히곤 한다'는 서두의 글을 온전한 자신의 이야기로 치환하고 있다. 이는 철근이 건물의 형태를 형성하는 골재로 쓰이듯 글의 골격을 튼튼하게 만드는 장치로 기능하고 있다.

글의 말미는 어떤가.

하지만 안타깝게도 이젠 섣불리 변덕 부리면 안 될 나이가 돼버렸다. 그런데 말이다, 가끔 무미건조한 일상 가운데 작약 꽃향기를 풍기는 사람이 스치듯 다가온다면 주책없이 간신히 자리 잡은 고요한 마음이 다시금 꿈틀거릴 것만 같다. 마치 아직 살아있다는 증거라도 되는 양.

하, 놀랍지 않은가.

인공지능과 로봇화 그리고 스마트폰으로 대별되는 이 시대는 곧 사물화事物化의 시대이다. 기계화의 문명 속에 인간성이라든가 감성이라든가 존재성의 의미는 퇴화되어가고 있다. 말하자면 '인간'의 인간으로서의 절대성은 희석되고 있다. 그런데 보라, 단지 이 몇 줄의 글귀에서 뿜어내고 있는 생명성, 살아 있음의 환호가 들려오지 않는가. 속삭이는 듯한 연결어미 '그런데 말이다'는 마음의 내밀함을 여는 문이 되고 있다. 그리하여 작약 꽃 향기 가득한 방에 들어서서 코를 벌름거리며 살아 있음의 충일함을 맡게 되는 것이다.

그렇다면 〈초록의 향기〉의 첫머리는 어떨까.

내가 임林에게 반한 건 대략 4년 전쯤이었던 것 같다. 세상에서 가장 여유 있는 모습으로 두 팔 벌려 나를 포근하게 안아주던 임林. 그날 그렇게 마주한 인연이 내 삶에 새로운 에너지 저장고가 되었다는 걸, 임林은 알까?

작가의 연애사를 듣고 있는 것일까. 임林에게 반했다는 직설적인 표현이 조금 민망하게 느껴지기도 한다. 이렇게 이성 간의 사랑에 초점을 맞추다 보니 뭔가 아귀가 안 맞는 모호함이 있는 것도 같다. 그렇게 읽어가다 임이 그 님이 아님을 아는 반전의 순간, 빠른 이는 벌써 눈치 챘을지도 모른다. 아하, 속았다는 기분과 엉뚱한 생각 가운데 있었던 자신이 살짝 부끄러워지기도 했을 터. 그러나 작가는 언제 속였느냐며 항변할지 모르겠다. 내가 분명 임林이라 하지 않았느냐고. 반전의 재미가 있는 글이면서도 작가의 고통과 아픔 그리고 변화와 치유의 과정, 너그러운 품으로 작가를 안아주었던 임林이 섬세하고도 아름답게 그려져 있다.

순간 나도 모르게 환호를 질렀다. 하마터면 영영 치유되지 못할 뻔한 우울한 감정들이 어쩌면 임林으로 인해 정상적으로 회복되었다 해도 과언이 아닐 듯싶다.

그렇게 우면산 자락에 펼쳐져 있는 초록의 향기는 덤으로 사는 나의 삶에 마중물 같은 것이었다.

〈복면가왕〉이란 TV 쇼를 앞세워 〈내 속에 또 다른 나〉에서는 허위와 허식의 보이지 않는 가면을 쓴 자신과 사람들의 이야기를 한다.

마침 일요일이었다. 느지막이 일어나 무심코 텔레비전 리모컨을 들고 여기저기 채널을 돌리다 〈복면가왕〉을 하고 있는 채널에 멈추었다. 그들은 본래의 모습을 감춘 채 다양한 복면을 쓰고 노래를 했다. …… 관중의 있는 시선을 의식하지 않아도 되니 노래에 제대로 몰입할 수 있을 것 같았다. ……

그런데 어쩌면 나는 이미 보이지 않는 가면을 쓴 채 살고 있는지도 모른다. 필요에 따라 내 속에 또 다른 나의 모습이 은근슬쩍 나타나서 주인 행세를 할 땐 당혹스럽기까지 하다. 과연 어느 것이 진짜 내 모습인지 가늠하기 힘들 때도 종종 있다.

'내 속에 너무도 많은 내가 있지만 정작 나다운 나는 없다'며

가만히, 가만히 자신의 모습이 어떠한지를 되돌아보고 있다. 작가의 글에서 보여지는 우리 사람이란 존재는 이토록 복잡한 감정들과 생각들 가운데서 살아가는데 우리들은 언제 그것을 조용히 들여다볼 여유가 있었던 것일까. 다만 쇼핑만, 이벤트만, 영화만, 먹고 마시고 떠들자고만 권하는 사회가 아니었던가. 그러므로 이 글이 시사하고 있는 바는 우리들이 다양한 감각과 복합적인 감정을 지닌 살아 있는 존재라는 사실이다. 가면을 써가며 적절히 반응하고 대응하는. 그러나 작가는 우리가 가야 할 길은 명징하다고 말한다. 조용히 조용히 자신의 내면을 응시하며 진정한 자신의 모습으로 돌아가라고. 아니 찾아가라고.

성격이 모나면 좀 어떠랴. 완벽하지 않으면 좀 어떠랴. 아이들이 엘리트 코스대로 가지 않으면 좀 어떠랴. 내면 깊숙한 그곳에 나만의 향기 나는 매력이 얼마든지 있다는데. 이제 더이상 흔들리지 않으며 속지 않으련다. 남에게 보이고 싶은 내가 아니라 무의식중에서라도 진짜 나의 모습 앞에 숙연해지고 싶다.

반면, 〈달콤한 유혹〉은 평면적인 구조로 되어 있지만 빠른 속도감과 뛰어난 심리묘사가 곁들여진 걸작이 아닐 수 없다.

순차적 시간 흐름과 흔히 접할 수 없는, 그러나 한 번쯤 유혹 당하고 싶은 도박이란 소재, 그리고 뛰어난 작가의 글 솜씨가 어울려 빚어내는 속도감은 상당한 질주의 쾌감을 불러온다.

아무것도 할 줄 모르는 나였지만 순간 딜러들이 유혹하는 손짓에 마음이 흔들릴 뻔했다. 가까스로 그들의 시선을 피해 비교적 한산한 쪽 슬롯머신 앞에 앉았다.……

불안했던 마음은 어느새 환희의 기쁨으로 변했다. 상상을 초월한 쾌감은 역시 경험자만이 누리는 어떤 특권 같았다. 이렇게 몇 번만 더하면 엄청난 돈이 수중에 들어올 것 같은 예감이 뇌리에서 떠나질 않았다.……

그런데, 그런데 말이다. 나는 솔직히 자신이 없었다. 겉보기와 다르게 소심한 면이 있어 그마저 잃어버린다면 명품백은 고사하고 없던 병이 생길 것만 같아 두려웠다. 뿐만 아니라 분을 삼키지 못하여 시름시름 앓다가 단명할 것 같기도 했다. 이런저런 이유가 발목을 잡았다고 해야 할까? 아니 그냥 단세포적 사고가 발동했다고 해야 할까? 수없이 흔들어대는 갈등을 과감하게 접고 생에 처음 맛보았던 대박의 기쁨을 그대로 만 끽하기로 했다.

빈털터리가 된 순간에서 대박을 터트리고 난 뒤, 한 번만 더 슬롯머신 게임을 하고 싶은 갈등을 제대로 묘파해 내고 있는 것이다. 자식들의 부추김에도 불구하고 '멈춰야 할 때, 멈출 수 있는 용기'가 작가에게는 있었다. 삶에 있어서 작가의 놀라운 균형감을 확인하는 순간이다. 말미의 한 줄이 확증하고 있는 바이기도 하다.

다시 일상으로 돌아온 현실 앞에서 하루하루 더욱 성실하게 살아가야 함을 몸이 먼저 기억하여 반응해온다.

다만, 작가의 다른 글에서 보이는 짜임새를 생각한다면 〈달콤한 유혹〉의 평면적인 구조는 살짝 아쉬움이 남는다. 예를 들면 '어느 해 3월 1일 대학생인 아들, 딸과 함께 홍콩과 마카오로 여행을 갔다'는 독자의 시선을 집중시키고 호기심을 불러오기에는 다소 부족한 시작이다. 아, 또 자랑질, ―물론 일상화된 해외여행이라 크게 특별할 것도 없지만 그래도 하나의

'뿌듯한' 일상이며, 또 어느 이에게는 부러움이기도 한 것이다. 가장 절정의 순간을 맨 첫머리에 배치해 독자의 시선을 집중시킨 후 이야기를 풀어간다면 좀 더 입체감 있는 파노라마를 펼쳐 내지 않았을까.

그럼에도 불구하고 작가의 뛰어난 심리묘사와 속도감 있는 글의 전개, 그리고 제목이 배태하고 상상력의 크기가 그러한 아쉬움을 상쇄하고 있다.

작가의 의식과 의식의 흐름이 잘 묘파되고 있는 〈달콤한 유혹〉 이상으로 〈마침내 꿈을 찾다〉는 걸출한 작품이 아닐까 싶다. 어느 것이 실재하는 사건인지 어느 것이 내면의 소리인지조차 분간하지 못할 만큼 자연스럽게 버무려져 의식의 흐름이 독자에게 흘러들고 있다. 이는 작가가 주도면밀하게 심리와 그 상태의 깊이를 짚어가며 능수능란하게 글을 서술해가기 때문이 아닐까.

무엇을 그리 버리고 싶었을까. 20년 동안 살았던 동네를 미련 없이 떠날 채비를 하기까진 그리 오랜 시간이 걸리지 않았다. 한곳에 오래 살면 모든 것이 편안하고 익숙하여 생활의 불

편함은 없었다. 늘 바쁜 시간에 쫓겨 살다 모처럼 여유롭게 차
한 잔을 마시는데 오래된 가구 위에 먼지가 가득 쌓여 있는 것
을 보았다. 마치 나의 낡은 생각들 위에도 먼지만 가득 쌓여진
것 같아 짜증이 나며 답답했다. 그도 그럴 것이 이따금씩 늘
익숙한 그 자리에서 아무런 노력도 하지 않은 채 안주하며 머
물고 있는 내 모습이 한심해 보이곤 했다.

이쯤에서 삶의 변화가 절실하게 필요한 것 같았다. 핑계일지
모르지만, 무의식적으로 이사를 통해 낡은 짐들과 낡은 생각들
을 버리고 싶다는 생각을 하곤 했다. 이참에 평소에 잘 사용하
지 않는 물건들을 과감히 버릴 작정이었다. 꼭 필요한 최소한
의 살림만 남겨놓고 이사하는 날까지 버리고 또 버렸다. 빈 공
간만큼 여유가 생긴 느낌 탓인지 마음까지 홀가분했다.……

아무렴 이제 깨끗하게 비워진 그 자리엔 꼭 하고 싶었던 일
들로 채우기에 바빠질 것 같다며 내 속에선 이미 아우성이다.
무엇이 되었든지 새로운 환경에서 도전하며 살아갈 것을 생각
만 해도 벌써부터 설렌다.

결국 작가는 문화센터에서 작가의 꿈을 찾게 되어 제2의 인
생을 시작하기에 이르는 과정이 그려져 있다. 비록 수필이지

만 시적인 비유와 아름다움으로 〈메밀꽃 필 무렵〉이 연상되는 대목도 있다.

　　더불어 살면 잊혀질 줄 알았는데 어찌 된 영문인지 나의 쓸쓸함은 아직 온전한 이사를 하지 못한 것 같다. 하루에도 몇 번씩 썰물을 타고 밀려 나갔다가 다시금 밀물이 차오르듯 슬그머니 내 품으로 들어오곤 한다. 그리곤 수평선 위에 앉아 아무 일 없었던 것처럼 미소를 띠며 나를 본다. 그 미소 뒤엔 순간의 적막이 흐르는 찰나에도 손대면 금방이라도 터질 듯한 주체할 수 없는 눈물 폭탄이 있다는 걸 알기에 더욱 마음이 쓰인다.

　　〈중독, 그 외로움〉은 이미 제목에서 작품의 완성도를 느낄 수 있지 않을까 싶다. 제목이 시사하고 있는 바가 중독을 외로움과 동일시한 것인가 아니면 중독이 갖고 있는 처절함을 외로움으로 표현한 것인가 하는 순간적인 의문으로 내용에 집중하도록 유도하는 한편, 중독과 외로움이란 단어의 어감이 갖고 있는 대비가 호기심을 자극하고 있다. 중독은 강렬한 어둠으로 독자를 유혹하고 중독과 대비된 외로움이란 순결한 영혼의 지향성을 가진 날갯짓으로 이해되기 때문이다. 〈중독, 그 외로움〉이 다루고 있는 주제는 무엇일까.

　역시, 이 맛이야! 전업주부였던 나는 한동안 사우나에 빠졌
었다.

　거추장스러운 더러운 것들을 벗고 세상에서 가장 편안한 상
태로 누워 따듯한 온천물로 이불 삼아 하늘을 바라보고 있노
라면 금방이라도 천국에 오를 듯 평온해졌다. 때때로 처절한
고독과의 싸움에서 몸부림치던 나의 그 외로움의 흔적들도 모
처럼의 평안을 누린 듯했다. 이제야 살맛나는 세상에 안주한
느낌이랄까. 이쯤이면 아무리 중독일지라도 혼자라는 쓸쓸함
은 충분히 즐길 만했다.……

　그랬다. 어쩌면 중독이란 외로움의 끝자락 그 마지막 종착
지가 아닐까라는 생각이 들었다. …… 내가 아는 중독이란 것
은 좌절의 아픔과 뭔가 채워지지 않는 텅 빈 마음을 견딜 수
없어 나도 모르는 사이 혼자만의 세계에 나를 밀어 넣고 억울
한 비명으로 날마다 하소연하는 것 같기도 하다. 행여 그 궁색
한 표출의 신호에 민감하게 반응하지 못하면 결국 상대방을
이해하는 마음과 자신을 생각하는 힘은 점점 고립되어 가는

느낌마저 들곤 한다.

　나의 외로움은 중독 그 이상이다. 끊임없이 나와 공존하며 살아야 하는 것, 그건 한겨울 추위에 살을 에는 듯한 아픔과 같은 공허함이다. 불현듯 올라오는 마음의 통증을 견디다 못해 꺼이꺼이 울어도 본다. …… 그냥 내 삶의 일부라 생각하며 아니 어쩌면 삶의 전부일지라도 있는 그대로 보듬고 가야 하지 싶다.

'역시, 이 맛이야!'는 글의 맛을 확 끌어올리면서 본문 안으로 쑥 들어서게 한다. 작가는 사우나에 거의 중독되다시피 하였다가 '결국, 예상치 못한 끔찍한 경험을 하고서야 사우나 중독에서 조금 벗어날 수 있었다'고 한다. 이러한 경험적인 중독에 관한 실례는 중독과 외로움에 대한 작가의 사변으로 가는 매개가 된다. 다소 지루할 수 있는 주제가 작가의 경험적 사건과 맞물려 중수필적 요소가 무겁지 않게 독자에게 전달되고 있다.
　작가에게 외로움이란 하나의 중독이며 중독 이상으로 헤어나기 힘든 무엇으로 이해되고 있는 것 같다. 하지만 중독이란 어둔 이미지에도 불구하고 작가는 여전히 외로움을 보듬어 가는 주체자로서의 면모를 보이고 있기에 일반적인 중독과는 사뭇 다른 의미요소로 쓰이고 있다. 일반적으로 '중독'이란 나란 주체성이 사라지고 무엇인가의 지배력에 놓여 벗어날 수 없는 상태로 이해되기 때문이다. 그렇기에 중독에 비유될 수 있는 깊은 외로움에서조차 작가는 강한 의지력과 주체성으로 자신의 삶을 정화하고 돌아보는 사유의 시공時空으로 창출해 내고 있다 할 것이다.

하지만 그 외로움의 정체가 무엇이었는지, 작가가 외로움을 어떻게 다스려왔는지가 〈버스를 타고〉에서 비록 짧지만 극명하게 드러나고 있다.

작가는 삶이 버겁게 느껴질 때마다 버스를 타고 어딘가 훌쩍 떠나곤 한다. 그러면서 무작정 버스에 올라 작가의 시선이 닿는 곳들을 설명하며 간단한 느낌들을 그려 가다가 차창에 비친 자신의 모습에서 깊은 생각 속에 빠지고, 잠에서 깨어나서는 차창 밖 스쳐가는 것들의 아름다움에 매료된다. 그러다 터널이다.

사방이 가로막혀 있어 답답하기만 한 터널에서는 누구나 속히 빠져나가기를 원한다. 잠시라도 그 안에 머물러야 하는 상황이 생긴다면 숨이 막힐 지경에 이른다. 어쩔 수 없이 차분한 마음으로 기다릴 수밖에 없는 상황을 자연스럽게 받아들이기도 한다. 그렇게 길고 긴 어둠의 끝자락에서 마침내 드러내는 밝은 빛과 마주하는 순간 나도 모르게 엄청난 환호가 터져 나온다.

나의 삶도 그러한 듯하다. 때때로 칠흑 같은 어둠 속에서 얼마나 많은 시간을 홀로 방황했던가. 하지만 지금은 환한 웃음소리가 내 삶에서 멈추질 않는다. 외로움을 이겨낸 기다림이 주는 선물이었다.

어쩌면 우리가 사는 모든 인생도 마찬가지가 아닐까 싶다. 살다 보면 힘들고 어려운 일들이 감히 올라갈 수도 없을 만큼 높은 산을 이루곤 한다. 하지만 그 또한 시간이 지나고 나면 마치 터널 밖의 세상처럼 분명 밝음으로 마주할 날이 올 것이다. 그러니 실망할 것도 좌절할 것도 없지 않은가. 마음의 조급함을 버리고 좀 더디 가도 괜찮음을 인정하는 것도 좋을 듯하다.

그렇다. 외로움 속에서 기다림이 주는 선물은 작가의 삶에 끊이지 않는 환한 웃음소리였다. 버스 안에서 주변을 가볍게 스케치하다가 터널을 지나며 터널에 빗댄 인생사를 거부감 없이 살풋하게 풀어놓고 있다. 터널을 인생의 어둠과 고난으로 풀어가는 솜씨가 거침없다.

"여보, 그동안 아이들 뒷바라지하느라 고생 많았어. 이제부터 당신 하고 싶은 거 하면서 더 즐겁게 살아." 〈멍울〉은 이렇게 시작되고 있다. 아이들 공부 뒷바라지를 위해 전업주부로 살아왔던 작가, 아들은 S대 4년 장학금으로 입학을 앞두고 있고 딸은 G외고 1학년이다. 어쩌면 적지 않은 세월 동안 자신의 능력과 끼를 묻어두고 있다는 것이 쉽지만은 않은 일이었으리라. 하나만 앞을 바라보는 혜안이 있는 작가는 그 시간이 자녀와 오히려 자신을 온전히 살리는 귀한 시간임을 알았기에 기꺼움으로 인내하는 시간이었을 것이다. 그러니 자신을 위한 절정의 순간을 맞을 수 있었으리. '세계 50개 나라 구석구석 여행하기', '가족 봉사단 결성하기'…… 이제는 온전한 자유를 위한 그 환희의 순간에 작가는 날벼락을 맞는다. 그 일련의 출렁거림이 섬세하고 드라마틱하다.

세상의 모든 질병을 혼자 짊어진 듯 엄청난 무거움이 심장을 압박하여 곧 터질 것만 같았다. 아직 해야 할 일은 산더미처럼 높고 많은데 어디서부터 어떻게 정리를 해야 할지 그저 막막하기만 했다. …… 나름대로 성실하게 잘 살아왔다고 자부하는데 하늘은 어쩌자고 이렇게 감당하기 버거운 가혹한 형벌을 나에게 주시는 것인지 생각할수록 마음이 착잡했다. ……

그날로부터 2년이 훨씬 지난 지금, 첫 번째 버킷 리스트를 통해 전문상담사가 되었다. 하마터면 죽을 뻔한 삶에서 덤으로 사는 삶을 선물 받았으니 버킷 리스트 하나를 더 추가하고 싶다. 힘든 세상을 살다 보면 내 멍울처럼 육안으로 보이지 않아도 알게 모르게 받은 상처들로 인해 우리의 내면 깊은 곳에 단단하게 자리 잡은 보이지 않는 멍울들을, 마음으로 쓰다듬어 주는 그 일을 내가 사는 날 동안 하고 싶단 생각에 종종 잠기곤 한다.

한편, 〈공감, 그거였다〉, 〈퍼즐 맞추기〉, 〈파워스피치 강사〉는 자녀들과 〈보이지 않는 벽〉, 〈최고의 여행멤버〉는 어머니와 연관된 글들이다. 끈끈한 사람의 정이 사뭇 묻어나는 가운데 작가의 솔직담백함이 독자의 마음에 파고든다.

그중에 하나로서 최소한 십년은 아이들 위주로 집중하는

삶, 그리고 그 이후 십년은 오직 내가 하고 싶은 것을 하며 사는 삶을 약속했다. 당연히 아이들의 교육 문제는 전적으로 내 몫이었다. 별문제 없이 십 년이란 세월이 빠르게 지나갔다. 그 사이 아들은 초등학교 4학년, 딸은 1학년이 되었다.……

　　연둣빛 새싹이 하나둘 세상을 향해 솟아오를 무렵, 잠잠하던 나의 지체들도 기지개를 켰다. 마치 십년을 학수고대하며 기다렸다는 듯이 내 몸과 마음은 조금씩 꿈틀거렸다. 드디어 나를 위한 삶이 시작된 거 같아 설렜다. …… 무엇을 할까. 무엇을 배울까. 이제 막 사회생활을 시작하는 새내기처럼 그렇게 내 마음은 들떠 있었다.

　　〈멍울〉에서 보인 자녀들의 학업적인 성취가 그저 이루어지지 않은 것임을 〈파워스피치 강사〉에서 엿볼 수 있다. 그저 주어진 일상대로 하루하루 살아가는 것이 아니라 삶을 어떻게 살아가야 할 것인지를 긴 안목으로 계획하고 실천해 왔음을, 교육학을 전공한 작가답다는 찬탄을 하게 되는 것이다. 그리하여 10년의 세월을 오직 자녀들의 삶에 집중한 후 작가는 사회생활에 도전하게 된다. 학습지 교사로서 그리고 스피치 강사로서 성공적인 안착을 이루는 순간이다.

아들이 과제 발표에 대해 걱정하는 것을 보았다. 내가 도와주겠다고 했는데 단번에 거절당했다. 어이가 없었다. 스피치 강사인 나의 도움을 받으려 하지 않는 아들이 이해가 되지 않았다.……

어리석게도 다른 아이들의 발표력이 향상되고 있는 동안, 정작 내 아이들이 발표에 대한 두려움에 떨고 있다는 것을 알아채지 못했다. 생각할수록 미안한 마음에 견딜 수 없어 얼마 후 스피치 강사를 그만두었다. 바쁘다는 핑계로 아이들과의 관계를 소홀히 한 나의 자업자득이었다.

엄마의 은연중 편애로 인한 딸의 내면에 깊숙이 자리한 상처를 씻어가는 〈공감, 그거였다〉는 '벚꽃의 어린 꽃잎보다 더 맑고 투명하다'에서 보이는 것처럼 도도하게 흘러가는 물 옆으로 잔잔한 꽃들이 바람에 한들거리고 있는 듯한 중심을 잃지 않으면서도 섬세하게 마음의 깊은 내면을 짚어가는 길목을 잔잔한 감동으로 걸어가게 한다.

그날 밤, 어딘가에 조금이라도 남아있는 파편화된 마음을 하늘거리는 봄바람에 후르르 날려버리고 싶었다. 가끔 울컥거리는 그 아픔도 함께.

　며칠 후 다시 평온을 찾은 딸이 꽃무늬 블라우스를 입고 내 방을 노크한다.

　"엄마, 우리 쇼핑 갈까?"

　작가의 글 엮는 솜씨가 얼마나 세련되었는지를 보여주는 작품의 하나가 〈퍼즐 맞추기〉이다. 마치 퍼즐 판처럼 이미 작가의 머릿속에는 글판이 있는 것은 아닌지. 퍼즐 판에 퍼즐을 맞추듯 척척 글판을 맞추어간다. 그러면서 결국 퍼즐 판을 자신의 틀로 인식하는 부분에 이르는 것은 과히 압권이 아닐 수 없다. 어쩌면 의식도 없이 지나쳐버릴 수 있는, 그러나 여전히 영향력을 미치고 있기에 되짚어 보아야 할 삶과 생각의 영역들을 자유자재로 풀어 펼쳐 놓고 있는 것이다.

　그녀의 퍼즐 맞추기는 순탄하지 못했던 결혼생활의 끝자락에서 간신히 붙잡은 삶의 연결통로 같은 것이었다. 그 일을 통해 쌓였던 묵은 감정들을 소리 없이 내어 보내길 반복하면서 용서와 화해의 시간들도 함께 채워졌다고 했다.……

결혼과 동시에 가족이라는 하나의 퍼즐 판이 내 머릿속에 그려져 있었다. 그 퍼즐 판엔 그들이 원하는 삶이 아닌 전적으로 내가 원하는 방식으로 채워야만 만족하곤 했다. 그런 나의 이기적인 욕심 때문에 가족들이 힘들었을지도 모른다는 생각이 문득 스쳐 갈 때 한없이 미안한 마음이 내 가슴 안에서 아프게 맴돌았다. …… 어쩌면 우리의 인생도 퍼즐 맞추기와 닮은꼴이 아닐까. 지금까지 거의 절반쯤 채워진 나의 인생 퍼즐 판이 원하든 원치 않든 내 중심이었다면, 나머지 절반은 각자의 삶의 재미난 흔적들로 채우면 어떨까 싶다.

작가의 가정사를 더 깊이 들여다볼 수 있는 이야기가 〈보이지 않는 벽〉, 〈최고의 여행멤버〉이다. 어머니 그리고 시어머니와 함께 여행하면서 겪게 되는 묘한 심리적 갈등을 진솔하지만 따뜻하게 그리고 있다.

〈보이지 않는 벽〉에서는 딸이면 누구나 느낄 법한 그러나 내놓기에는 다소 껄끄러운 이야기를 명쾌하게 분석해 간다. 작가의 글을 읽는 또 다른 묘미이리라. 엄마와 딸의 사랑의 변주곡이다.

어쩌면 세상에서 가장 편안하면서도 가장 만만해 보이는 게 모녀 사이가 아닐까 싶다. 살다 살다 내가 힘들고 지칠 때 가장 먼저 위로받고 싶은 사람이 엄마란 걸 보면 분명 엄마는 영 순위인데 그럼에도 보일 듯 말 듯 모녀 사이에 가리워진 벽의 존재는 무엇이란 말인가. 아이러니하게도 내 딸과의 사이엔 그 벽이 완전히 허물어지길 바라는 마음이 극히 이기적인 발상이라 할지라도 그랬으면 좋겠다는 생각이 들곤한다.

정진희 작가는 사건과 매개된 뛰어난 심리 묘사로 글과 그의 삶을 더욱 생생하게 생동하도록 한다. 즉 표현하고 싶지만 어떻게 이야기를 시작해야 할지, 그 심리가 말하고자 하는 바가 무엇인지 꼭 집어낼 수 없어 단면적으로 스쳐갈 수밖에 없는 내면의 세계를 작가는 마치 누에고치가 실을 풀어내듯, 뭉뚱그려져 있는 혼돈된 감정을 한 줄기 한 줄기 빛으로 이끌어내고 있는 것이다. 그것은 마치 작품 전체에 동맥이 뻗어가 피가 돌게 하는 것과 같은 생생한 현장감이기도 한다.

수필이 어떤 것인지, 난만하게 펼쳐내는 나의 이야기가 전부가 아니라는 것을 정진희 작가의 글을 읽으며 다시금 느끼게 된다. 수필이 교훈적인 필요까진 없더라도 적어도 삶의 진솔한 이야기를 담아내야 한다는 것을 전제할 때 그 진솔함에는 작가의 사물에 대한 관觀, 작가의 시야가 드러나야 한다. 지향성이 없는 글이란 신변잡기에 불과하다.

그러므로 글의 바탕이 되는 삶 또한 무시할 수 없는 글의 일부가 된다. 아무리 잘 가공되어진 글일지라도 글의 원석이 되는 작가의 삶이, 금이 은이 되거나 자수정이 홍보석이 되는 법은 없기에 건강한 삶의 영역들에서 좋은 글이 나오는 것은 어쩌면 당연한 것인지도 모른다.

삶의 현장에서 일어나고 있는 일들과 정서적이며 철학적인, 때로 보이지 않게 녹아있을 작가의 신앙까지 버무려져 하나의 완성된 작품으로 탄생되어진 작가의 글은 진정 감격일 수밖에 없다.

삶의 균형 잡힌 아름다움이 들숨과 날숨 같이 자연스럽게 호흡되어지고, 살아 있는 감각들이 삶의 깊은 내면들을 더듬어 가도록 이끌고 있는 정진희 작가의 한 편 한 편의 수필에 그저 놀라움을 금할 수 없다.

중독, 그 외로움

ⓒ 정진희 2019

초판 1쇄 발행일 | 2019년 1월 22일

지 은 이 | 정진희
펴 낸 이 | 노용제
펴 낸 곳 | 정은출판

출판등록 | 2004년 10월 27일
등록번호 | 제2-4053호
주   소 | 04558 서울시 중구 창경궁로 1길 29 (3층)
대표전화 | 02-2272-9280
팩   스 | 02-2277-1350
이 메 일 | rossjw@hanmail.net

ISBN 978-89-5824-385-4 (03810)

ⓒ 정은출판 2019
값 13,000원